鲁迅作品单行本

而已集

鲁迅 著

人民文学出版社

图书在版编目(CIP)数据

而已集/鲁迅著.—2版.—北京:人民文学出版社,2022(2023.11重印)
ISBN 978-7-02-015256-8

Ⅰ.①而… Ⅱ.①鲁… Ⅲ.①鲁迅杂文—杂文集 Ⅳ.①I210.4

中国版本图书馆CIP数据核字(2019)第096360号

责任编辑　刘　伟
装帧设计　陶　雷
责任印制　任　祎

出版发行　人民文学出版社
社　　址　北京市朝内大街166号
邮政编码　100705

印　　刷　三河市宏盛印务有限公司
经　　销　全国新华书店等

字　　数　114千字
开　　本　880毫米×1230毫米　1/32
印　　张　6.25　插页2
版　　次　1980年7月北京第1版
　　　　　2006年12月北京第2版
印　　次　2023年11月第2次印刷

书　　号　978-7-02-015256-8
定　　价　26.00元

如有印装质量问题,请与本社图书销售中心调换。电话:010-65233595

本书收作者1927年所作杂文二十九篇,附录1926年的一篇。1928年10月由上海北新书局初版。作者生前共印行七版次。

目 录

题辞 …………………………………………… 1

一九二七年

黄花节的杂感 ………………………………… 3
略论中国人的脸 ……………………………… 7
革命时代的文学 ……………………………… 12
写在《劳动问题》之前 ……………………… 21
略谈香港 ……………………………………… 23
读书杂谈 ……………………………………… 35
通信 …………………………………………… 43
答有恒先生 …………………………………… 52
辞"大义" …………………………………… 61
反"漫谈" …………………………………… 64
忧"天乳" …………………………………… 68
革"首领" …………………………………… 72
谈"激烈" …………………………………… 78
扣丝杂感 ……………………………………… 85
"公理"之所在 ……………………………… 95
可恶罪 ………………………………………… 98

"意表之外" …………………………………………… 100
新时代的放债法 ……………………………………… 102
魏晋风度及文章与药及酒之关系 …………………… 105
小杂感 ………………………………………………… 136
再谈香港 ……………………………………………… 141
革命文学 ……………………………………………… 149
《尘影》题辞 ………………………………………… 153
当陶元庆君的绘画展览时 …………………………… 155
卢梭和胃口 …………………………………………… 158
文学和出汗 …………………………………………… 164
文艺和革命 …………………………………………… 167
谈所谓"大内档案" …………………………………… 169
拟预言 ………………………………………………… 179

附　录

大衍发微 ……………………………………………… 184

题　　辞[1]

这半年我又看见了许多血和许多泪,
然而我只有杂感而已。

泪揩了,血消了;
屠伯们逍遥复逍遥,
用钢刀的,用软刀[2]的。
然而我只有"杂感"而已。

连"杂感"也被"放进了应该去的地方"[3]时,
我于是只有"而已"而已!

　　以上的八句话,是在一九二六年十月十四夜里,编完那年那时为止的杂感集后,写在末尾的,现在便取来作为一九二七年的杂感集的题辞。一九二八年十月三十日,鲁迅校讫记。

* 　* 　* 　*

〔1〕 本篇最初收入《华盖集续编》,是作者编完该书时所作。

〔2〕 软刀　语出明朝遗民贾凫西的《木皮散人鼓词》:"几年家软刀子割头不觉死,只等得太白旗悬才知道命有差。"这里用来比喻现代评论派的言论。

〔3〕 "放进了应该去的地方"　这是陈西滢在1926年1月30日《晨报副刊》发表的《致志摩》中的话:"鲁迅先生一下笔就构陷人家的罪状。……可是他的文章,我看过了就放进了应该去的地方——说句体己话,我觉得它们就不应该从那里出来——手边却没有。"

一九二七年

黄花节的杂感[1]

黄花节[2]将近了,必须做一点所谓文章。但对于这一个题目的文章,教我做起来,实在近于先前的在考场里"对空策"[3]。因为,——说出来自己也惭愧,——黄花节这三个字,我自然明白它是什么意思的;然而战死在黄花冈头的战士们呢,不但姓名,连人数也不知道。

为寻些材料,好发议论起见,只得查《辞源》[4]。书里面有是有的,可不过是:

"黄花冈。地名,在广东省城北门外白云山之麓。清宣统三年三月二十九日,革命党数十人,攻袭督署,不成而死,丛葬于此。"

轻描淡写,和我所知道的差不多,于我并不能有所裨益。

我又愿意知道一点十七年前的三月二十九日的情形,但一时也找不到目击耳闻的耆老。从别的地方——如北京,南京,我的故乡——的例子推想起来,当时大概有若干人痛惜,若干人快意,若干人没有什么意见,若干人当作酒后茶余的谈助的罢。接着便将被人们忘却。久受压制的人们,被压制时只能忍苦,幸而解放了便只知道作乐,悲壮剧是不能久留在记忆里的。

但是三月二十九日的事却特别,当时虽然失败,十月就是武昌起义,第二年,中华民国便出现了。于是这些失败的战士,当时也就成为革命成功的先驱,悲壮剧刚要收场,又添上一个团圆剧的结束。这于我们是很可庆幸的,我想,在纪念黄花节的时候便可以看出。

我还没有亲自遇见过黄花节的纪念,因为久在北方。不过,中山先生的纪念日[5]却遇见过了:在学校里,晚上来看演剧的特别多,连凳子也踏破了几条,非常热闹。用这例子来推断,那么,黄花节也一定该是极其热闹的罢。

当三月十二日那天的晚上,我在热闹场中,便深深地更感得革命家的伟大。我想,恋爱成功的时候,一个爱人死掉了,只能给生存的那一个以悲哀。然而革命成功的时候,革命家死掉了,却能每年给生存的大家以热闹,甚而至于欢欣鼓舞。惟独革命家,无论他生或死,都能给大家以幸福。同是爱,结果却有这样地不同,正无怪现在的青年,很有许多感到恋爱和革命的冲突的苦闷。

以上的所谓"革命成功",是指暂时的事而言;其实是"革命尚未成功"[6]的。革命无止境,倘使世上真有什么"止于至善"[7],这人间世便同时变了凝固的东西了。不过,中国经了许多战士的精神和血肉的培养,却的确长出了一点先前所没有的幸福的花果来,也还有逐渐生长的希望。倘若不像有,那是因为继续培养的人们少,而赏玩,攀折这花,摘食这果实的人们倒是太多的缘故。

我并非说,大家都须天天去痛哭流涕,以凭吊先烈的"在天之灵",一年中有一天记起他们也就可以了。但就广东的现在而论,我却觉得大家对于节日的办法,还须改良一点。黄花节很热闹,热闹一天自然也好;热闹得疲劳了,回去就好好地睡一觉。然而第二天,元气恢复了,就该加工做一天自己该做的工作。这当然是劳苦的,但总比枪弹从致命的地方穿过去要好得远;何况这也算是在培养幸福的花果,为着后来的人们呢。

三月二十四日夜。

*　　　*　　　*

〔1〕 本篇最初发表于1927年3月29日广州中山大学政治训育部编印的《政治训育》第七期"黄花节特号"。

〔2〕 黄花节　1911年4月27日(夏历三月二十九日),同盟会领导成员黄兴、赵声等人在广州发动武装起义,攻打两广总督衙门,结果失败。事后将收集到的七十二具烈士遗体合葬于广州市郊黄花岗。民国成立后曾定公历3月29日为革命先烈纪念日,通称黄花节。

〔3〕 "对空策"　汉代以后科举考试时,用有关政事、经义的问题作题目,命应试者书面各陈所见,叫做对策。"对空策"就是对题目毫无具体意见,只发一通空论的意思。

〔4〕 《辞源》　一部疏释汉语词义及其渊源、演变的大型工具书,陆尔奎等人编辑,1915年商务印书馆出版。

〔5〕 中山先生　孙中山(1866—1925),名文,字德明,号逸仙,广东香山(今中山)人,民主革命家。1925年3月12日病逝于北京。

〔6〕 "革命尚未成功"　孙中山为《国民党周刊》第一期(1923

年11月25日)题辞:"革命尚未成功,同志仍须努力。"后在口授遗嘱中亦有此语句。

〔7〕 "止于至善"　语出《大学》:"大学之道,在明明德,在亲民,在止于至善。"意思是到达尽善尽美的境界。

略论中国人的脸[1]

大约人们一遇到不大看惯的东西,总不免以为他古怪。我还记得初看见西洋人的时候,就觉得他脸太白,头发太黄,眼珠太淡,鼻梁太高。虽然不能明明白白地说出理由来,但总而言之:相貌不应该如此。至于对于中国人的脸,是毫无异议;即使有好丑之别,然而都不错的。

我们的古人,倒似乎并不放松自己中国人的相貌。周的孟轲就用眸子来判胸中的正不正,[2]汉朝还有《相人》[3]二十四卷。后来闹这玩艺儿的尤其多;分起来,可以说有两派罢:一是从脸上看出他的智愚贤不肖;一是从脸上看出他过去,现在和将来的荣枯。于是天下纷纷,从此多事,许多人就都战战兢兢地研究自己的脸。我想,镜子的发明,恐怕这些人和小姐们是大有功劳的。不过近来前一派已经不大有人讲究,在北京上海这些地方捣鬼的都只是后一派了。

我一向只留心西洋人。留心的结果,又觉得他们的皮肤未免太粗;毫毛有白色的,也不好。皮上常有红点,即因为颜色太白之故,倒不如我们之黄。尤其不好的是红鼻子,有时简直像是将要熔化的蜡烛油,仿佛就要滴下来,使人看得栗栗危惧,也不及黄色人种的较为隐晦,也见得较为安全。总而言之:相貌还是不应该如此的。

后来，我看见西洋人所画的中国人，才知道他们对于我们的相貌也很不敬。那似乎是《天方夜谈》或者《安兑生童话》[4]中的插画，现在不很记得清楚了。头上戴着拖花翎的红缨帽，一条辫子在空中飞扬，朝靴的粉底非常之厚。但这些都是满洲人连累我们的。独有两眼歪斜，张嘴露齿，却是我们自己本来的相貌。不过我那时想，其实并不尽然，外国人特地要奚落我们，所以格外形容得过度了。

但此后对于中国一部分人们的相貌，我也逐渐感到一种不满，就是他们每看见不常见的事件或华丽的女人，听到有些醉心的说话的时候，下巴总要慢慢挂下，将嘴张了开来。这实在不大雅观；仿佛精神上缺少着一样什么机件。据研究人体的学者们说，一头附着在上颚骨上，那一头附着在下颚骨上的"咬筋"，力量是非常之大的。我们幼小时候想吃核桃，必须放在门缝里将它的壳夹碎。但在成人，只要牙齿好，那咬筋一收缩，便能咬碎一个核桃。有着这么大的力量的筋，有时竟不能收住一个并不沉重的自己的下巴，虽然正在看得出神的时候，倒也情有可原，但我总以为究竟不是十分体面的事。

日本的长谷川如是闲是善于做讽刺文字的。去年我见过他的一本随笔集，叫作《猫·狗·人》[5]；其中有一篇就说到中国人的脸。大意是初见中国人，即令人感到较之日本人或西洋人，脸上总欠缺着一点什么。久而久之，看惯了，便觉得这样已经尽够，并不缺少东西；倒是看得西洋人之流的脸上，多余着一点什么。这多余着的东西，他就给它一个不大高妙的名目：兽性。中国人的脸上没有这个，是人，则加上多余的

东西,即成了下列的算式:

人+兽性=西洋人

他借了称赞中国人,贬斥西洋人,来讥刺日本人的目的,这样就达到了,自然不必再说这兽性的不见于中国人的脸上,是本来没有的呢,还是现在已经消除。如果是后来消除的,那么,是渐渐净尽而只剩了人性的呢,还是不过渐渐成了驯顺。野牛成为家牛,野猪成为猪,狼成为狗,野性是消失了,但只足使牧人喜欢,于本身并无好处。人不过是人,不再夹杂着别的东西,当然再好没有了。倘不得已,我以为还不如带些兽性,如果合于下列的算式倒是不很有趣的:

人+家畜性=某一种人

中国人的脸上真可有兽性的记号的疑案,暂且中止讨论罢。我只要说近来却在中国人所理想的古今人的脸上,看见了两种多余。一到广州,我觉得比我所从来的厦门丰富得多的,是电影,而且大半是"国片",有古装的,有时装的。因为电影是"艺术",所以电影艺术家便将这两种多余加上去了。

古装的电影也可以说是好看,那好看不下于看戏;至少,决不至于有大锣大鼓将人的耳朵震聋。在"银幕"上,则有身穿不知何时何代的衣服的人物,缓慢地动作;脸正如古人一般死,因为要显得活,便只好加上些旧式戏子的昏庸。

时装人物的脸,只要见过清朝光绪年间上海的吴友如的《画报》[6]的,便会觉得神态非常相像。《画报》所画的大抵不是流氓拆梢[7],便是妓女吃醋,所以脸相都狡猾。这精神似乎至今不变,国产影片中的人物,虽是作者以为善人杰士者，眉宇间也总带些上海洋场式的狡猾。可见不如此，是连善人杰士也做不成的。

听说，国产影片之所以多，是因为华侨欢迎，能够获利，每一新片到，老的便带了孩子去指点给他们看道："看哪，我们的祖国的人们是这样的。"在广州似乎也受欢迎，日夜四场，我常见看客坐得满满。

广州现在也如上海一样，正在这样地修养他们的趣味。可惜电影一开演，电灯一定熄灭，我不能看见人们的下巴。

四月六日。

* * *

〔1〕 本篇最初发表于1927年11月25日北京《莽原》半月刊第二卷第二十一、二十二期合刊。

〔2〕 孟轲（约前372—前289） 战国中期儒家主要代表。《孟子·离娄（上）》有如下的话："孟子曰：存乎人者，莫良于眸子，眸子不能掩其恶。胸中正，则眸子瞭焉；胸中不正，则眸子眊焉。听其言也，观其眸子，人焉廋哉。"

〔3〕 《相人》 谈相术的书，见《汉书·艺文志》的"数术"类，著者不详。

〔4〕 《天方夜谈》 原名《一千〇一夜》，古代阿拉伯民间故事集。安兑生（H. C. Andersen, 1805—1875），通译安徒生，丹麦童话作家。这里所说的插画，见于当时美国霍顿·密夫林公司出版的安徒生《童话集》中的《夜莺》篇。

〔5〕 长谷川如是闲（1875—1969） 日本评论家、作家。著有《日本的性格》、《现代社会批判》等。《猫·狗·人》，日本改造社1924

年 5 月出版,内有《中国人的脸及其他》一文。

〔6〕 吴友如(? —1893) 名猷(又作嘉猷),字友如,江苏元和(今吴县)人,清末画家。以善画人物、世态著名。他主编的《点石斋画报》,旬刊,1884 年创刊,1898 年停刊,随上海《申报》发行。

〔7〕 拆梢 上海一带方言,指流氓制造事端诈取财物的行为。

革命时代的文学[1]

——四月八日在黄埔军官学校[2]讲

今天要讲几句的话是就将这"革命时代的文学"算作题目。这学校是邀过我好几次了,我总是推宕着没有来。为什么呢?因为我想,诸君的所以来邀我,大约是因为我曾经做过几篇小说,是文学家,要从我这里听文学。其实我并不是的,并不懂什么。我首先正经学习的是开矿,叫我讲掘煤,也许比讲文学要好一些。自然,因为自己的嗜好,文学书是也时常看看的,不过并无心得,能说出于诸君有用的东西来。加以这几年,自己在北京所得的经验,对于一向所知道的前人所讲的文学的议论,都渐渐的怀疑起来。那是开枪打杀学生的时候[3]罢,文禁也严厉了,我想:文学文学,是最不中用的,没有力量的人讲的;有实力的人并不开口,就杀人,被压迫的人讲几句话,写几个字,就要被杀;即使幸而不被杀,但天天呐喊,叫苦,鸣不平,而有实力的人仍然压迫,虐待,杀戮,没有方法对付他们,这文学于人们又有什么益处呢?

在自然界里也这样,鹰的捕雀,不声不响的是鹰,吱吱叫喊的是雀;猫的捕鼠,不声不响的是猫,吱吱叫喊的是老鼠;结果,还是只会开口的被不开口的吃掉。文学家弄得好,做几篇文章,也许能够称誉于当时,或者得到多少年的虚名罢,——

譬如一个烈士的追悼会开过之后,烈士的事情早已不提了,大家倒传诵着谁的挽联做得好:这实在是一件很稳当的买卖。

但在这革命地方的文学家,恐怕总喜欢说文学和革命是大有关系的,例如可以用这来宣传,鼓吹,煽动,促进革命和完成革命。不过我想,这样的文章是无力的,因为好的文艺作品,向来多是不受别人命令,不顾利害,自然而然地从心中流露的东西;如果先挂起一个题目,做起文章来,那又何异于八股[4],在文学中并无价值,更说不到能否感动人了。为革命起见,要有"革命人","革命文学"倒无须急急,革命人做出东西来,才是革命文学。所以,我想:革命,倒是与文章有关系的。革命时代的文学和平时的文学不同,革命来了,文学就变换色彩。但大革命可以变换文学的色彩,小革命却不,因为不算什么革命,所以不能变换文学的色彩。在此地是听惯了"革命"了,江苏浙江谈到革命二字,听的人都很害怕,讲的人也很危险。其实"革命"是并不稀奇的,惟其有了它,社会才会改革,人类才会进步,能从原虫到人类,从野蛮到文明,就因为没有一刻不在革命。生物学家告诉我们:"人类和猴子是没有大两样的,人类和猴子是表兄弟。"但为什么人类成了人,猴子终于是猴子呢?这就因为猴子不肯变化——它爱用四只脚走路。也许曾有一个猴子站起来,试用两脚走路的罢,但许多猴子就说:"我们底祖先一向是爬的,不许你站!"咬死了。它们不但不肯站起来,并且不肯讲话,因为它守旧。人类就不然,他终于站起,讲话,结果是他胜利了。现在也还没有完。所以革命是并不稀奇的,凡是至今还未灭亡的民族,还都天天在努力革命,虽然往往不过是小革命。

大革命与文学有什么影响呢?大约可以分开三个时候来说:

(一)大革命之前,所有的文学,大抵是对于种种社会状态,觉得不平,觉得痛苦,就叫苦,鸣不平,在世界文学中关于这类的文学颇不少。但这些叫苦鸣不平的文学对于革命没有什么影响,因为叫苦鸣不平,并无力量,压迫你们的人仍然不理,老鼠虽然吱吱地叫,尽管叫出很好的文学,而猫儿吃起它来,还是不客气。所以仅仅有叫苦鸣不平的文学时,这个民族还没有希望,因为止于叫苦和鸣不平。例如人们打官司,失败的方面到了分发冤单的时候,对手就知道他没有力量再打官司,事情已经了结了;所以叫苦鸣不平的文学等于喊冤,压迫者对此倒觉得放心。有些民族因为叫苦无用,连苦也不叫了,他们便成为沉默的民族,渐渐更加衰颓下去,埃及,阿拉伯,波斯,印度就都没有什么声音了!至于富有反抗性,蕴有力量的民族,因为叫苦没用,他便觉悟起来,由哀音而变为怒吼。怒吼的文学一出现,反抗就快到了;他们已经很愤怒,所以与革命爆发时代接近的文学每每带有愤怒之音;他要反抗,他要复仇。苏俄革命将起时,即有些这类的文学。但也有例外,如波兰,虽然早有复仇的文学[5],然而他的恢复,是靠着欧洲大战的。

(二)到了大革命的时代,文学没有了,没有声音了,因为大家受革命潮流的鼓荡,大家由呼喊而转入行动,大家忙着革命,没有闲空谈文学了。还有一层,是那时民生凋敝,一心寻面包吃尚且来不及,那里有心思谈文学呢?守旧的人因为受革命潮流的打击,气得发昏,也不能再唱所谓他们底文学了。有人说:"文学是穷苦的时候做的",其实未必,穷苦的时候必定没有文学作品的;我在北京时,一穷,就到处借钱,不写一个字,到薪俸发放时,才坐下来做文章。忙的时候也必定没有文学作品,挑担的人必要把担子放下,才能做文章;拉车的人也必要把车子放下,才能做文章。大革命时代忙得很,同时又穷得很,这一部分人和那一部分人斗争,非先行变换现代社会底状态不可,没有时间也没有心思做文章;所以大革命时代的文学便只好暂归沉寂了。

(三)等到大革命成功后,社会底状态缓和了,大家底生活有余裕了,这时候就又产生文学。这时候底文学有二:一种文学是赞扬革命,称颂革命,——讴歌革命,因为进步的文学家想到社会改变,社会向前走,对于旧社会的破坏和新社会的建设,都觉得有意义,一方面对于旧制度的崩坏很高兴,一方面对于新的建设来讴歌。另有一种文学是吊旧社会的灭亡——挽歌——也是革命后会有的文学。有些的人以为这是"反革命的文学",我想,倒也无须加以这么大的罪名。革命虽然进行,但社会上旧人物还很多,决不能一时变成新人物,他们的脑中满藏着旧思想旧东西;环境渐变,影响到他们自身的一切,于是回想旧时的舒服,便对于旧社会眷念不已,恋恋不舍,因而讲出很古的话,陈旧的话,形成这样的文学。这种文学都是悲哀的调子,表示他心里不舒服,一方面看见新的建设胜利了,一方面看见旧的制度灭亡了,所以唱起挽歌来。但是怀旧,唱挽歌,就表示已经革命了,如果没有革命,旧人物正得势,是不会唱挽歌的。

不过中国没有这两种文学——对旧制度挽歌,对新制度讴歌;因为中国革命还没有成功,正是青黄不接,忙于革命的时候。不过旧文学仍然很多,报纸上的文章,几乎全是旧式。我想,这足见中国革命对于社会没有多大的改变,对于守旧的人没有多大的影响,所以旧人仍能超然物外。广东报纸所讲的文学,都是旧的,新的很少,也可以证明广东社会没有受革命影响;没有对新的讴歌,也没有对旧的挽歌,广东仍然是十年前底广东。不但如此,并且也没有叫苦,没有鸣不平;止看见工会参加游行,但这是政府允许的,不是因压迫而反抗的,也不过是奉旨革命。中国社会没有改变,所以没有怀旧的哀词,也没有崭新的进行曲,只在苏俄却已产生了这两种文学。他们的旧文学家逃亡外国,所作的文学,多是吊亡挽旧的哀词;新文学则正在努力向前走,伟大的作品虽然还没有,但是新作品已不少,他们已经离开怒吼时期而过渡到讴歌的时期了。赞美建设是革命进行以后的影响,再往后去的情形怎样,现在不得而知,但推想起来,大约是平民文学罢,因为平民的世界,是革命的结果。

现在中国自然没有平民文学,世界上也还没有平民文学,所有的文学,歌呀,诗呀,大抵是给上等人看的;他们吃饱了,睡在躺椅上,捧着看。一个才子出门遇见一个佳人,两个人很要好,有一个不才子从中捣乱,生出差迟来,但终于团圆了。这样地看看,多么舒服。或者讲上等人怎样有趣和快乐,下等人怎样可笑。前几年《新青年》[6]载过几篇小说,描写罪人在寒地里的生活,大学教授看了就不高兴,因为他们不喜欢看这样的下流人。如果诗歌描写车夫,就是下流诗歌;一出戏里,有犯罪的事情,就是下流戏。他们的戏里的脚色,止有才子佳人,才子中状元,佳人封一品夫人,在才子佳人本身很欢喜,他们看了也很欢喜,下等人没奈何,也只好替他们一同欢喜欢喜。在现在,有人以平民——工人农民——为材料,做小说做诗,我们也称之为平民文学,其实这不是平民文学,因为平民还没有开口。这是另外的人从旁看见平民的生活,假托平民底口吻而说的。眼前的文人有些虽然穷,但总比工人农民富足些,这才能有钱去读书,才能有文章;一看好像是平民所说的,其实不是;这不是真的平民小说。平民所唱的山歌野曲,现在也有人写下来,以为是平民之音了,因为是老百姓所唱。但他们间接受古书的影响很大,他们对于乡下的绅士有田三千亩,佩服得不了,每每拿绅士的思想,做自己的思想,绅士们惯吟五言诗,七言诗;因此他们所唱的山歌野曲,大半也是五言或七言。这是就格律而言,还有构思取意,也是很陈腐的,不能称是真正的平民文学。现在中国底小说和诗实在比不上别国,无可奈何,只好称之曰文学;谈不到革命时代的文学,更谈不到平民文学。现在的文学家都是读书人,如果工人农民不解放,工人农民的思想,仍然是读书人的思想,必待工人农民得到真正的解放,然后才有真正的平民文学。有些人说:"中国已有平民文学",其实这是不对的。

诸君是实际的战争者,是革命的战士,我以为现在还是不要佩服文学的好。学文学对于战争,没有益处,最好不过作一篇战歌,或者写得美的,便可于战余休憩时看看,倒也有趣。要讲得堂皇点,则譬如种柳树,待到柳树长大,浓阴蔽日,农夫耕作到正午,或者可以坐在柳树底下吃饭,休息休息。中国现在的社会情状,止有实地的革命战争,一首诗吓不走孙传芳,一炮就把孙传芳轰走了[7]。自然也有人以为文学于革命是有伟力的,但我个人总觉得怀疑,文学总是一种余裕的产物,可以表示一民族的文化,倒是真的。

人大概是不满于自己目前所做的事的,我一向只会做几篇文章,自己也做得厌了,而捏枪的诸君,却又要听讲文学。我呢,自然倒愿意听听大炮的声音,仿佛觉得大炮的声音或者比文学的声音要好听得多似的。我的演说只有这样多,感谢诸君听完的厚意!

＊　　＊　　＊

〔1〕 本篇记录稿最初发表于1927年6月12日广州黄埔军官学校出版的《黄埔生活》周刊第四期,收入本集时作者作了修改。

〔2〕 黄埔军官学校　孙中山在国民党改组后所创立的陆军军官学校,校址在广州黄埔,1924年6月正式开学。在1927年4月12日蒋介石发动反共政变以前,它是国共合作的学校,周恩来、叶剑英、恽代英、萧楚女等许多共产党人都曾在该校担任过负责工作和教学工作。

〔3〕 指三一八惨案。1926年3月,在冯玉祥国民军与奉系军阀张作霖、李景林等作战期间,日本帝国主义者因见奉军战事失利,便公开出面援助,于12日以军舰两艘驶进大沽口,炮击国民军守军,国民军

亦开炮还击,于是日本便向段祺瑞政府提出抗议,并联合英、美、法、意、荷、比、西等国,借口维护《辛丑条约》,于3月16日以八国名义提出最后通牒,要求停止津沽间的军事行动和撤除防务等等,并限于四十八小时以内答复,否则,"关系各国海军当局,决采所认为必要之手段"。北京各界民众为反对日本帝国主义这种侵犯中国主权的行为,于3月18日在天安门集会抗议,会后结队赴段祺瑞执政府请愿;不料在国务院门前,段祺瑞竟命令卫队开枪射击,并用大刀铁棍追打砍杀,当场和事后因重伤而死者四十七人,伤者一百五十余人,造成了帝国主义和封建军阀互相勾结屠杀中国民众的大惨案。

〔4〕 八股 明清科举考试制度所规定的一种公式化文体。它用"四书"、"五经"中文句命题,每篇由破题、承题、起讲、入手、起股、中股、后股、束股八个部分构成。后四部分是主体,每一部分有两股相比偶的文字,合共八股,所以叫八股文。

〔5〕 复仇的文学 指十九世纪上半期波兰爱国诗人密茨凯维支、斯洛伐支奇等人的作品。当时波兰处于俄、奥、普三国瓜分之下,第一次世界大战后于1918年11月恢复独立。

〔6〕 《新青年》 综合性月刊,"五四"时期的重要刊物。1915年9月创刊于上海,由陈独秀主编。第一卷名《青年杂志》,第二卷起改名为《新青年》。1916年底迁至北京后,由陈独秀、钱玄同、高一涵、胡适、李大钊、沈尹默轮流担任编辑。1919年冬返迁上海,陈独秀主编。1920年8月改组为中共上海发起小组刊物。1922年7月休刊,共出九卷,每卷六期。后曾两次复刊,1926年7月停刊。鲁迅在"五四"时期同该刊有密切联系,是它的重要撰稿人,曾参加该刊编辑会议。下文所说的大学教授,指吴宓(1894—1978),陕西泾阳人,早年留学英美,曾任清华大学国学研究系主任,时任东南大学教授。作者在《二心集·上海文艺之一瞥》中说:"那时吴宓先生就曾经发表过文章,说是真不懂为什么

有些人竟喜欢描写下流社会。"

〔7〕 孙传芳(1885—1935) 字馨远,山东历城人,北洋直系军阀,曾任浙江督军。孙传芳军队的主力于1926年冬在江西南昌、九江一带为国民革命军击溃。

写在《劳动问题》之前[1]

还记得去年夏天住在北京的时候,遇见张我权君,听到他说过这样意思的话:"中国人似乎都忘记了台湾[2]了,谁也不大提起。"他是一个台湾的青年。

我当时就像受了创痛似的,有点苦楚;但口上却道:"不。那倒不至于的。只因为本国太破烂,内忧外患,非常之多,自顾不暇了,所以只能将台湾这些事情暂且放下。……"

但正在困苦中的台湾的青年,却并不将中国的事情暂且放下。他们常希望中国革命的成功,赞助中国的改革,总想尽些力,于中国的现在和将来有所裨益,即使是自己还在做学生。

张秀哲君是我在广州才遇见的。我们谈了几回,知道他已经译成一部《劳动问题》[3]给中国,还希望我做一点简短的序文。我是不善于作序,也不赞成作序的;况且对于劳动问题,一无所知,尤其没有开口的资格。我所能负责说出来的,不过是张君于中日两国的文字,俱极精通,译文定必十分可靠这一点罢了。

但我这回却很愿意写几句话在这一部译本之前,只要我能够。我虽然不知道劳动问题,但译者在游学中尚且为民众尽力的努力与诚意,我是觉得的。

我只能以这几句话表出我个人的感激。但我相信,这努力与诚意,读者也一定都会觉得的。这实在比无论什么序文都有力。

一九二七年四月十一日,鲁迅识于广州中山大学。

* * *

〔1〕 本篇最初印入《国际劳动问题》一书,原题为《〈国际劳动问题〉小引》。

〔2〕 台湾在1894年中日甲午战争后被日本侵占,1945年抗日战争胜利后光复。文中说的张我权,应为张我军(1902—1955),台北板桥人。当时是北京师范大学国文系学生。曾与台籍同学创办《少年台湾》杂志,写有不少宣传新文化和抨击台湾的文章和诗歌、小说。鲁迅1926年8月11日日记载:"张我军来并赠台湾《民报》四本。"

〔3〕 张秀哲　又名月澄,台湾省人。当时在广州岭南大学肄业,曾作长文《一个台湾人告中国同胞书》,收入杨成志编的《毋忘台湾》一书。《劳动问题》,原名《国际劳动问题》,日本浅利顺次郎著。张秀哲的译本于1927年由广州国际社会问题研究社出版,署张月澄译。

略 谈 香 港[1]

本年一月间我曾去过一回香港[2],因为跌伤的脚还未全好,不能到街上去闲走,演说一了,匆匆便归,印象淡薄得很,也早已忘却了香港了。今天看见《语丝》一三七期上辰江先生的通信[3],忽又记得起来,想说几句话来凑热闹。

我去讲演[4]的时候,主持其事的人大约很受了许多困难,但我都不大清楚。单知道先是颇遭干涉,中途又有反对者派人索取入场券,收藏起来,使别人不能去听;后来又不许将讲稿登报,经交涉的结果,是削去和改窜了许多。

然而我的讲演,真是"老生常谈",而且还是七八年前的"常谈"。

从广州往香港时,在船上还亲自遇见一桩笑话。有一个船员,不知怎地,是知道我的名字的,他给我十分担心。他以为我的赴港,说不定会遭谋害;我遥遥地跑到广东来教书,而无端横死,他——广东人之一——也觉得抱歉。于是他忙了一路,替我计画,禁止上陆时如何脱身,到埠捕拿时如何避免。到埠后,既不禁止,也不捕拿,而他还不放心,临别时再三叮嘱,说倘有危险,可以避到什么地方去。

我虽然觉得可笑,但我从真心里十分感谢他的好心,记得他的认真的脸相。

三天之后,平安地出了香港了,不过因为攻击国粹,得罪了若干人。现在回想起来,像我们似的人,大危险是大概没有的。不过香港总是一个畏途。这用小事情便可以证明。即如今天的香港《循环日报》[5]上,有这样两条琐事:

▲陈国被控窃去芜湖街一百五十七号地下布裤一条,昨由史司判笞十二藤云。

▲昨晚夜深,石塘嘴有两西装男子,……遇一英警上前执行搜身。该西装男子用英语对之。该英警不理会,且警以□□□。于是双方缠上警署。……

第一条我们一目了然,知道中国人还在那里被抽藤条。"司"当是"藩司""臬司"[6]之"司",是官名;史者,姓也,英国人的。港报上所谓"政府","警司"之类,往往是指英国的而言,不看惯的很容易误解,不如上海称为"捕房"之分明。

第二条是"搜身"的纠葛,在香港屡见不鲜。但三个方围不知道是甚么。何以要避忌?恐怕不是好的事情。这□□□似乎是因为西装和英语而得的;英警嫌恶这两件:这是主人的言语和服装。颜之推以为学鲜卑语,弹琵琶便可以生存的时代[7],早已过去了。

在香港时遇见一位某君,是受了高等教育的人。他自述曾因受屈,向英官申辩,英官无话可说了,但他还是输。那最末是得到严厉的训斥,道:"总之是你错的:因为我说你错!"

带着书籍的人也困难,因为一不小心,会被指为"危险文件"的。这"危险"的界说,我不知其详。总之一有嫌疑,便麻烦了。人先关起来,书去译成英文,译好之后,这才审判。而这"译成英文"的事先就可怕。我记得蒙古人"入主中夏"时，裁判就用翻译。一个和尚去告状追债，而债户商同通事，将他的状子改成自愿焚身了。官说道好；于是这和尚便被推入烈火中。[8]我去讲演的时候也偶然提起元朝，听说颇为"X司"所不悦，他们是的确在研究中国的经史的。

但讲讲元朝，不但为"政府"的"X司"所不悦，且亦为有些"同胞"所不欢。我早知道不稳当，总要受些报应的。果然，我因为谨避"学者"[9]，搬出中山大学之后，那边的《工商报》[10]上登出来了，说是因为"清党"[11]，已经逃走。后来，则在《循环日报》上，以讲文学为名，提起我的事，说我原是"《晨报副刊》特约撰述员"[12]，现在则"到了汉口"[13]。我知道这种宣传有点危险，意在说我先是研究系的好友，现是共产党的同道，虽不至于"枪终路寝"[14]，益处大概总不会有的，晦气点还可以因此被关起来。便写了一封信去更正：

"在六月十日十一日两天的《循环世界》里，看见徐丹甫先生的一篇《北京文艺界之分门别户》。各人各有他的眼光，心思，手段。他耍他的，我不想来多嘴。但其中有关于我的三点，我自己比较的清楚些，可以请为更正，即：

"一，我从来没有做过《晨报副刊》的'特约撰述员'。

"二，陈大悲[15]被攻击后，我并未停止投稿。

"三，我现仍在广州，并没有'到了汉口'。"

从发信之日到今天，算来恰恰一个月，不见登出来。"总之你是这样的：因为我说你是这样"罢。幸而还有内地的《语丝》；否则，"十二藤"，"□□□"，那里去诉苦！

我现在还有时记起那一位船上的广东朋友，虽然神经过敏，但怕未必是无病呻吟。他经验多。

若夫"香江"（案：盖香港之雅称）之于国粹，则确是正在大振兴而特振兴。如六月二十五日《循环日报》"昨日下午督宪府茶会"条下，就说：

"（上略）赖济熙太史即席演说，略谓大学堂汉文专科异常重要，中国旧道德与乎国粹所关，皆不容缓视，若不贯彻进行，深为可惜，（中略）周寿臣爵士亦演说汉文之宜见重于当世，及汉文科学之重要，关系国家与个人之荣辱等语，后督宪以华语演说，略谓华人若不通汉文为第一可惜，若以华人而中英文皆通达，此后中英感情必更融洽，故大学汉文一科，非常重要，未可以等闲视之云云。（下略）"

我又记得还在报上见过一篇"金制军[16]"的关于国粹的演说，用的是广东话，看起来颇费力；又以为这"金制军"是前清遗老，遗老的议论是千篇一律的，便不去理会它了。现在看了辰江先生的通信，才知道这"金制军"原来就是"港督"金文泰，大英国人也。大惊失色，赶紧跳起来去翻旧报。运气，在六月二十八日这张《循环日报》上寻到了。因为这是中国国粹不可不振兴的铁证，也是将来"中国国学振兴史"的贵重史料，所以毫不删节，并请广东朋友校正误字（但末尾的四句集《文选》句，因为不能悬揣"金制军"究竟如何说法，所以不敢妄改），剪贴于下，加以略注，希《语丝》记者以国学前途为重，

予以排印,至纫公谊[17]:

▲六月二十四号督辕茶会金制军演说词

列位先生,提高中文学业,周爵绅,赖太史,今日已经发挥尽致,毋庸我详细再讲略,我对于呢件事,觉得有三种不能不办嘅原因,而家想同列位谈谈,(第一)系中国人要顾全自己祖国学问呀,香港地方,华人居民,最占多数,香港大学学生,华人子弟,亦系至多,如果在呢间大学,徒然侧重外国科学文字,对于中国历代相传嘅大道宏经,反转当作等闲,视为无足轻重嘅学业,岂唔系一件大憾事吗,所以为香港中国居民打算,为大学中国学生打算,呢一科实在不能不办,(第二)系中国人应该整理国故呀,中国事物文章,原本有极可宝贵嘅价值,不过因为文字过于艰深,所以除晓书香家子弟,同埋天分极高嘅人以外,能够领略其中奥义嘅,实在很少,为呢个原故,近年中国学者,对于(整理国故)嘅声调已经越唱越高,香港地方,同中国大陆相离,仅仅隔一衣带水,如果今日所提倡嘅中国学科,能够设立完全,将来集合一班大学问嘅人,将向来所有困难,一一加以整理,为后生学者,开条轻便嘅路途,岂唔系极安慰嘅事咩,所以为中国发扬国光计,呢一科更不能不办,(第三)就系令中国道德学问,普及世界呀,中国通商以来,华人学习语言文字,成通材嘅,虽然项背相望,但系外国人精通汉学,同埋中国人精通外国科学,能够用中国言语文字翻译介绍各国高深学术嘅,仍然系好少,呢的岂系因外国人,同中国外洋留学生,唔愿学华国文章,不过因中国文字语言,未曾用科学方法整理完备,令到呢两班人,抱一类(可望而不可即)之叹啫,如果港大(华文学系)得到成立健全,就从前所有困难,都可以由呢处逐渐解免,个时中外求学之士,一定多列门墙,争自濯磨,中外感情,自然更加浓浃,唔哈有乜野隔膜咯,所以为中国学问及世界打算,呢一科亦不能不办,列位先生,我记得十几年前有一班中国外洋留学生,因为想研精中国学问,也曾出过一份(汉风杂志),个份杂志,书面题辞,有四句集文选句,十分动人嘅,我愿借嚟贡献过列位,而且望列位实行个四句题辞嘅意思,对于(香港大学文科,华文系)赞襄尽力,务底于成,个四句题辞话,(怀旧之蓄念,发思古之幽情,光祖宗之玄灵,大汉之发天声,)

　　略注:

　　这里的括弧,间亦以代曲钩之用。爵绅盖有爵的绅士,不知其详。呢＝这。而家＝而今。嘅＝的。系＝是。唔＝无,不。晓＝了。同埋＝和。咩＝呢。啫＝呵。唔哈有乜野＝不会有什么。嚟＝来。过＝给。话＝说。

注毕不免又要发感慨了。《汉风杂志》[18]我没有拜读过;但我记得一点旧事。前清光绪末年,我在日本东京留学,亲自看见的。那时的留学生中,很有一部分抱着革命的思想,而所谓革命者,其实是种族革命,要将土地从异族的手里取得,归还旧主人。除实行的之外,有些人是办报,有些人是钞旧书。所钞的大抵是中国所没有的禁书,所讲的大概是明末清初的情形，可以使青年猛省的。久之印成了一本书，因为是《湖北学生界》[19]的特刊，所以名曰《汉声》，那封面上就题着四句古语：摅怀旧之蓄念，发思古之幽情，光祖宗之玄灵，振大汉之天声！

这是明明白白，叫我们想想汉族繁荣时代，和现状比较一下，看是如何，——必须"光复旧物"。说得露骨些，就是"排满"；推而广之，就是"排外"。不料二十年后，竟变成在香港大学保存国粹，而使"中外感情，自然更加浓浃"的标语了。我实在想不到这四句"集《文选》句"，竟也会被外国人所引用。

这样的感慨，在现今的中国，发起来是可以发不完的。还不如讲点有趣的事做收梢，算是"余兴"。从予先生在《一般》杂志（目录上说是独逸）上批评我的小说道："作者的笔锋……并且颇多诙谐的意味，所以有许多小说，人家看了，只觉得发松可笑。换言之，即因为此故，至少是使读者减却了不少对人生的认识。"[20]悲夫，这"只觉得"也！但我也确有这种的毛病，什么事都不能正正经经。便是感慨，也不肯一直发到底。只是我也自有我的苦衷。因为整年的发感慨，倘是假的，岂非无聊？倘真，则我早已感愤而死了，那里还有议论。我想，活着而想称"烈士"，究竟是不容易的。

我以为有趣，想要介绍的也不过是一个广告。港报上颇多特别的广告，而这一个最奇。我第一天看《循环日报》，便在第一版上看见的了，此后每天必见，[21]我每见必要想一想，而直到今天终于想不通是怎么一回事：

> 香港城余蕙卖文
> 人和旅店余蕙屏联榜幅发售
> 　香港对联　香港七律
> 　香港七绝　青山七律
> 　荻海对联　荻海七绝
> 　花地七绝　花地七律
> 　日本七绝　圣经五绝
> 　英皇七绝　英太子诗
> 　戏子七绝　广昌对联
> 　三金六十员
> 　五金五十员
> 　七金四十员
> 　屏条加倍
> 　　人和旅店主人谨启
> 　小店在香港上环海傍门牌一百一十八号

　　　　　　　　　　七月十一日,于广州东堤。

* 　　* 　　*

〔1〕 本篇最初发表于 1927 年 8 月 13 日《语丝》周刊第一四四期。

〔2〕 作者于 1927 年 2 月 18 日赴香港讲演,20 日回广州。文中说的"一月"应为二月。

〔3〕《语丝》 文艺性周刊,最初由孙伏园等编辑。1924 年 11

月在北京创刊;1927年被奉系军阀张作霖查禁,随后移至上海续刊;1930年3月出至第五卷第五十二期停刊。鲁迅是主要撰稿者和支持者之一,该刊在上海出版后一度担任编辑。辰江的通信,载《语丝》第一三七期(1927年6月26日),题为《谈皇仁书院》。他曾亲听过作者在香港的讲演,在信的末段说:"前月鲁迅先生由厦大到中大,有某团体请他到青年会演说。……两天的演词都是些对于旧文学一种革新的说话,原是很普通的(请鲁迅先生原恕我这样说法)。但香港政府听闻他到来演说,便连忙请某团体的人去问话,问为什么请鲁迅先生来演讲,有什么用意。"

〔4〕 作者在香港青年会共讲演两次,一次在2月18日晚,讲题为《无声的中国》;一次在2月19日,讲题为《老调子已经唱完》。两篇讲稿后来分别收在《三闲集》和《集外集拾遗》中。

〔5〕 《循环日报》 香港出版的中文报纸,1874年1月由王韬创办,约于1947年停刊。它辟有《循环世界》等副刊。

〔6〕 "藩司""臬司" 明清两代称掌管一省财政民政的布政使为藩司,俗称藩台。称掌管一省狱讼的按察使为臬司,俗称臬台。

〔7〕 颜之推(531—591) 字介,琅琊临沂(今山东临沂)人,北齐文学家。在南朝梁曾任散骑侍郎,后入鲜卑族当政的北齐,任中书舍人、黄门侍郎等职。他关于学鲜卑语、弹琵琶的话,见所著《颜氏家训·教子》:"齐朝有一士大夫,尝谓吾曰:'我有一儿,年已十七,颇晓书疏,教其鲜卑语及弹琵琶,稍欲通解,以此伏事公卿,无不宠爱,亦要事也。'吾时俯而不答。异哉,此人之教子也!若由此业,自致卿相,亦不愿汝曹为之。"按这是颜之推记述北齐"一士大夫"的话,并不是他自己的意见。鲁迅后来在《〈扑空〉正误》(收入《准风月谈》)一文中作过说明。

〔8〕 和尚被焚的故事,见宋代李心传《建炎以来系年要录》卷十

八：建炎二年十二月，"自金人入中原，凡官汉地者，皆置通事，高下轻重，舞文纳贿，人甚苦之。有僧讼富民，逋其钱数万缗，而通事受贿，诡言天久不雨，此僧欲焚身动天。燕京留守尼楚哈许之。僧呼号，不能自明，竟以焚死。"又宋代洪皓《松漠纪闻》有金国"银珠哥大王"一则，记燕京一个富僧收债的事，内容与此相似。通事，当时对口译人员的称呼。

〔9〕 "学者" 指顾颉刚等。顾颉刚，参看本书第49页注〔12〕。顾当时要到中山大学任教，4月中到校。据鲁迅1927年3月29日日记，作者当日自中山大学"移居白云路白云楼二十六号二楼"。

〔10〕 《工商报》 即《工商日报》，香港报纸，创刊于1925年7月。

〔11〕 "清党" 1924年1月，孙中山在中国共产党的帮助下，在广州召开国民党第一次全国代表大会，确定"联俄、联共、扶助农工"的三大政策，改组国民党，承认共产党员以个人资格参加该党，形成了国共合作的反帝反封建的革命统一战线。但到1927年春季北伐军进展至长江下游，蒋介石于4月12日在上海发动反共政变，并公布"清党"决议案，大肆杀戮共产党员和国民党内拥护孙中山三大政策的左派分子。国民党当局称之为"清党运动"。

〔12〕 《晨报副刊》 研究系机关报《晨报》的副刊。《晨报》创刊于1916年8月，在北京出版，初名《晨钟报》，1918年12月易名为《晨报》。它的第七版专登文艺类作品，1921年10月12日改名为《晨报副镌》（报眉题为《晨报副刊》）独立出版，曾是新文化运动的重要刊物之一。1921年秋至1924年冬约三年间，由孙伏园编辑。鲁迅经常为该刊写稿，但并非"特约撰述员"。

〔13〕 "到了汉口" 在蒋介石发动政变之初，以汪精卫为主席的

国民政府尚在武汉,还没有正式决定"分共",当时的武汉还是国共合作的国民政府的所在地。1927年7月15日汪精卫公开反共,与蒋介石集团合流。

〔14〕 "枪终路寝" 即被枪杀于路上的意思,由成语"寿终正寝"改变而来。

〔15〕 陈大悲(1887—1944) 浙江杭县(今余杭)人,剧作家。1923年8月,《晨报副刊》连续刊载他翻译的英国高尔斯华绥的剧本《忠友》;9月17日陈西滢在《晨报副刊》发表《高斯倭绥之幸运与厄运——读陈大悲先生所译的〈忠友〉》一文,指责他译文中的错误。徐丹甫在《北京文艺界之分门别户》中说鲁迅因此事停止了向《晨报副刊》投稿,意思是说鲁迅反对《晨报副刊》发表陈西滢的文字。

〔16〕 制军 清代对地方最高长官总督的尊称。

〔17〕 至纫公谊 旧时公函中习用的客套语。意思是十分感佩(对方)热心公事的厚意。纫,感佩。

〔18〕 《汉风杂志》 时牲编辑,1907年(清光绪三十三年)2月创刊于日本东京。第一号封面印有集南朝梁萧统《文选》句:"撼怀旧之蓄念,发思古之幽情。光祖宗之玄灵,振大汉之天声。"前二句见该书卷一班固《西都赋》,后二句见卷五十六班固《封燕然山铭》。

〔19〕 《湖北学生界》 清末留学日本的湖北学生主办的一种月刊,1903年(清光绪二十九年)1月创刊于东京,第四期起改名《汉声》。同年闰五月另编"闰月增刊"一册,名为《旧学》,扉页背面也印有上述《文选》句。

〔20〕 从予 即樊仲云(1901—1990),字德一,笔名从予,浙江嵊县人,当时是商务印书馆的编辑。抗日战争时期任汪伪政府教育部政务次长等职。这里所引的文字见于他在《一般》杂志第三号(1926年11

月)发表的评论《彷徨》的短文。《一般》,是上海立达学会主办的一种月刊,1926年9月创刊,1929年12月停刊,开明书店发行。

〔21〕 这个广告连续登载于1927年7月5日至20日香港《循环日报》。

读书杂谈[1]

——七月十六日在广州知用中学[2]讲

因为知用中学的先生们希望我来演讲一回,所以今天到这里和诸君相见。不过我也没有什么东西可讲。忽而想到学校是读书的所在,就随便谈谈读书。是我个人的意见,姑且供诸君的参考,其实也算不得什么演讲。

说到读书,似乎是很明白的事,只要拿书来读就是了,但是并不这样简单。至少,就有两种:一是职业的读书,一是嗜好的读书。所谓职业的读书者,譬如学生因为升学,教员因为要讲功课,不翻翻书,就有些危险的就是。我想在坐的诸君之中一定有些这样的经验,有的不喜欢算学,有的不喜欢博物[3],然而不得不学,否则,不能毕业,不能升学,和将来的生计便有妨碍了。我自己也这样,因为做教员,有时即非看不喜欢看的书不可,要不这样,怕不久便会于饭碗有妨。我们习惯了,一说起读书,就觉得是高尚的事情,其实这样的读书,和木匠的磨斧头,裁缝的理针线并没有什么分别,并不见得高尚,有时还很苦痛,很可怜。你爱做的事,偏不给你做,你不爱做的,倒非做不可。这是由于职业和嗜好不能合一而来的。倘能够大家去做爱做的事,而仍然各有饭吃,那是多么幸福。但现在的社会上还做不到,所以读书的人们的最大部分,大概是勉勉强强的,带着苦痛的为职业的读书。

　　现在再讲嗜好的读书罢。那是出于自愿,全不勉强,离开了利害关系的。——我想,嗜好的读书,该如爱打牌的一样,天天打,夜夜打,连续的去打,有时被公安局捉去了,放出来之后还是打。诸君要知道真打牌的人的目的并不在赢钱,而在有趣。牌有怎样的有趣呢,我是外行,不大明白。但听得爱赌的人说,它妙在一张一张的摸起来,永远变化无穷。我想,凡嗜好的读书,能够手不释卷的原因也就是这样。他在每一叶每一叶里,都得着深厚的趣味。自然,也可以扩大精神,增加智识的,但这些倒都不计及,一计及,便等于意在赢钱的博徒了,这在博徒之中,也算是下品。

　　不过我的意思,并非说诸君应该都退了学,去看自己喜欢看的书去,这样的时候还没有到来;也许终于不会到,至多,将来可以设法使人们对于非做不可的事发生较多的兴味罢了。我现在是说,爱看书的青年,大可以看看本分以外的书,即课外的书,不要只将课内的书抱住。但请不要误解,我并非说,譬如在国文讲堂上,应该在抽屉里暗看《红楼梦》之类;乃是说,应做的功课已完而有余暇,大可以看看各样的书,即使和本业毫不相干的,也要泛览。譬如学理科的,偏看看文学书,学文学的,偏看看科学书,看看别个在那里研究的,究竟是怎么一回事。这样子,对于别人,别事,可以有更深的了解。现在中国有一个大毛病,就是人们大概以为自己所学的一门是最好,最妙,最要紧的学问,而别的都无用,都不足道的,弄这些不足道的东西的人,将来该当饿死。其实是,世界还没有如此简单,学问都各有用处,要定什么是头等还很难。也幸而有各式各样的人,假如世界上全是文学家,到处所讲的不是"文学的分类"便是"诗之构造",那倒反而无聊得很了。

不过以上所说的,是附带而得的效果,嗜好的读书,本人自然并不计及那些,就如游公园似的,随随便便去,因为随随便便,所以不吃力,因为不吃力,所以会觉得有趣。如果一本书拿到手,就满心想道,"我在读书了!""我在用功了!"那就容易疲劳,因而减掉兴味,或者变成苦事了。

我看现在的青年,为兴味的读书的是有的,我也常常遇到各样的询问。此刻就将我所想到的说一点,但是只限于文学方面,因为我不明白其他的。

第一,是往往分不清文学和文章。甚至于已经来动手做批评文章的,也免不了这毛病。其实粗粗的说,这是容易分别的。研究文章的历史或理论的,是文学家,是学者;做做诗,或戏曲小说的,是做文章的人,就是古时候所谓文人,此刻所谓创作家。创作家不妨毫不理会文学史或理论,文学家也不妨做不出一句诗。然而中国社会上还很误解,你做几篇小说,便以为你一定懂得小说概论,做几句新诗,就要你讲诗之原理。我也尝见想做小说的青年,先买小说法程和文学史来看。据我看来,是即使将这些书看烂了,和创作也没有什么关系的。

事实上,现在有几个做文章的人,有时也确去做教授。但这是因为中国创作不值钱,养不活自己的缘故。听说美国小名家的一篇中篇小说,时价是二千美金;中国呢,别人我不知道,我自己的短篇寄给大书铺,每篇卖过二十元。当然要寻别的事,例如教书,讲文学。研究是要用理智,要冷静的,而创作须情感,至少总得发点热,于是忽冷忽热,弄得头昏,——这也是职业和嗜好不能合一的苦处。苦倒也罢了,结果还是什么都弄不好。那证据,是试翻世界文学史,那里面的人,几乎没有兼做教授的。

还有一种坏处,是一做教员,未免有顾忌;教授有教授的架子,不能畅所欲言。这或者有人要反驳:那么,你畅所欲言就是了,何必如此小心。然而这是事前的风凉话,一到有事,不知不觉地他也要从众来攻击的。而教授自身,纵使自以为怎样放达,下意识里总不免有架子在。所以在外国,称为"教授小说"的东西倒并不少,但是不大有人说好,至少,是总难免有令人发烦的炫学的地方。

所以我想,研究文学是一件事,做文章又是一件事。

第二,我常被询问:要弄文学,应该看什么书?这实在是一个极难回答的问题。先前也曾有几位先生给青年开过一大篇书目[4]。但从我看来,这是没有什么用处的,因为我觉得那都是开书目的先生自己想要看或者未必想要看的书目。我以为倘要弄旧的呢,倒不如姑且靠着张之洞的《书目答问》[5]去摸门径去。倘是新的,研究文学,则自己先看看各种的小本子,如本间久雄的《新文学概论》[6],厨川白村的《苦闷的象征》[7],瓦浪斯基们的《苏俄的文艺论战》[8]之类,然后自己再想想,再博览下去。因为文学的理论不像算学,二二一定得四,所以议论很纷歧。如第三种,便是俄国的两派的争论,——我附带说一句,近来听说连俄国的小说也不大有人看了,似乎一看见"俄"字就吃惊,其实苏俄的新创作何尝有人绍介,此刻译出的几本,都是革命前的作品,作者在那边都已经被看作反革命的了。倘要看看文艺作品呢,则先看几种名家的选本,从中觉得谁的作品自己最爱看,然后再看这一个作者的专集,然后再从文学史上看看他在史上的位置;倘要知道得更详细,就看一两本这人的传记,那便可以大略了解了。如果专是请教别人,则各人的嗜好不同,总是格不相入的。

第三,说几句关于批评的事。现在因为出版物太多了,——其实有什么呢,而读者因为不胜其纷纭,便渴望批评,于是批评家也便应运而起。批评这东西,对于读者,至少对于和这批评家趣旨相近的读者,是有用的。但中国现在,似乎应该暂作别论。往往有人误以为批评家对于创作是操生杀之权,占文坛的最高位的,就忽而变成批评家;他的灵魂上挂了刀。但是怕自己的立论不周密,便主张主观,有时怕自己的观察别人不看重,又主张客观;有时说自己的作文的根柢全是同情,有时将校对者骂得一文不值。凡中国的批评文字,我总是越看越胡涂,如果当真,就要无路可走。印度人是早知道的,有一个很普通的比喻。他们说:一个老翁和一个孩子用一匹驴子驮着货物去出卖,货卖去了,孩子骑驴回来,老翁跟着走。但路人责备他了,说是不晓事,叫老年人徒步。他们便换了一个地位,而旁人又说老人忍心;老人忙将孩子抱到鞍鞒上,后来看见的人却说他们残酷;于是都下来,走了不久,可又有人笑他们了,说他们是呆子,空着现成的驴子却不骑。于是老人对孩子叹息道,我们只剩了一个办法了,是我们两人抬着驴子走。[9]无论读,无论做,倘若旁征博访,结果是往往会弄到抬驴子走的。

不过我并非要大家不看批评,不过说看了之后,仍要看看本书,自己思索,自己做主。看别的书也一样,仍要自己思索,自己观察。倘只看书,便变成书厨,即使自己觉得有趣,而那趣味其实是已在逐渐硬化,逐渐死去了。我先前反对青年躲进研究室[10],也就是这意思,至今有些学者,还将这话算作我的一条罪状哩。

听说英国的培那特萧(Bernard Shaw)[11],有过这样意思的话:世间最不行的是读书者。因为他只能看别人的思想艺术,不用自己。这也就是勖本华尔(Schopenhauer)[12]之所谓脑子里给别人跑马。较好的是思索者。因为能用自己的生活力了,但还不免是空想,所以更好的是观察者,他用自己的眼睛去读世间这一部活书。

这是的确的,实地经验总比看,听,空想确凿。我先前吃过干荔支,罐头荔支,陈年荔支,并且由这些推想过新鲜的好荔支。这回吃过了,和我所猜想的不同,非到广东来吃就永不会知道。但我对于萧的所说,还要加一点骑墙的议论。萧是爱尔兰人,立论也不免有些偏激的。我以为假如从广东乡下找一个没有历练的人,叫他从上海到北京或者什么地方,然后问他观察所得,我恐怕是很有限的,因为他没有练习过观察力。所以要观察,还是先要经过思索和读书。

总之,我的意思是很简单的:我们自动的读书,即嗜好的读书,请教别人是大抵无用,只好先行泛览,然后决择而入于自己所爱的较专的一门或几门；但专读书也有弊病，所以必须和实社会接触，使所读的书活起来。

＊　　＊　　＊

〔1〕 本篇记录稿经作者校阅后最初发表于1927年8月18、19、22日广州《民国日报》副刊《现代青年》第一七九、一八〇、一八一期；后重刊于1927年9月16日《北新》周刊第四十七、四十八期合刊。

〔2〕 知用中学　1924年9月由广州知用学社创办的一所学校。知用学社是共产党人毕磊等组织的社团。

〔3〕 博物　旧时中学的一门课程，包括动物、植物、矿物等学科的内容。

〔4〕 这里说的开一大篇书目，指胡适的《一个最低限度的国学书目》、梁启超的《国学入门书要目及其读法》和吴宓的《西洋文学入门必读书目》等。这些书目都开列于1923年。

〔5〕 张之洞（1837—1909）　字孝达，河北南皮人，清末提倡"洋务运动"的大臣。曾任四川学政、湖广总督。《书目答问》，张之洞在四川学政任内所著，成于1875年（清光绪元年），一说为缪荃孙代笔。

〔6〕 本间久雄（1886—1981）　日本文艺理论家。曾任早稻田大学教授。《新文学概论》有章锡琛中译本，1925年8月商务印书馆出版。

〔7〕 厨川白村（1880—1923）　日本文艺评论家。曾留学美国，归国后任京都帝国大学教授。《苦闷的象征》是他的文艺论文集，曾由鲁迅译为中文，1924年12月北京新潮社出版。

〔8〕 《苏俄的文艺论战》　任国桢辑译，内收1923年至1924年间苏联瓦浪斯基（А. К. Воронский）等人关于文艺问题的论文四篇，为

鲁迅主编的《未名丛刊》之一,1925年8月北京北新书局出版。

〔9〕 这个比喻见于印度何种书籍,未详。1888年(清光绪十四年)张赤山译的伊索寓言《海国妙喻·丧驴》中有同样内容的故事。

〔10〕 进研究室 "五四"以后,胡适提出青年学生应该"进研究室"、"整理国故"的主张。鲁迅认为这是诱导青年脱离现实斗争,曾多次撰文予以批驳,参看《坟·未有天才之前》等文。

〔11〕 培那特萧 即萧伯纳(G. B. Shaw,1856—1950),英国剧作家、批评家。早期参加改良主义的政治组织"费边社",第一次世界大战爆发后曾谴责帝国主义战争,十月革命后同情社会主义。著有剧本《华伦夫人的职业》、《巴巴拉少校》、《真相毕露》等。他关于"读书者"、"思索者"、"观察者"的议论见于何种著作,未详。(按英国学者嘉勒尔说过类似的话,见鲁迅译日本鹤见祐辅《思想·山水·人物》中的《说旅行》。)

〔12〕 勖本华尔 即叔本华(1788—1860),德国哲学家,唯意志论者。"脑子里给别人跑马",可能指他的《读书和书籍》中的这段话:"我们读着的时候,别人却替我们想。我们不过反复了这人的心的过程。……读书时,我们的脑已非自己的活动地。这是别人的思想的战场了。"

通 信[1]

小峰[2]兄：

收到了几期《语丝》，看见有《鲁迅在广东》[3]的一个广告，说是我的言论之类，都收集在内。后来的另一广告上，却变成"鲁迅著"了。我以为这不大好。

我到中山大学的本意，原不过是教书。然而有些青年大开其欢迎会。我知道不妙，所以首先第一回演说，就声明我不是什么"战士"，"革命家"。倘若是的，就应该在北京，厦门奋斗；但我躲到"革命后方"[4]的广州来了，这就是并非"战士"的证据。

不料主席的某先生[5]——他那时是委员——接着演说，说这是我太谦虚，就我过去的事实看来，确是一个战斗者，革命者。于是礼堂上劈劈拍拍一阵拍手，我的"战士"便做定了。拍手之后，大家都已走散，再向谁去推辞？我只好咬着牙关，背了"战士"的招牌走进房里去，想到敝同乡秋瑾[6]姑娘，就是被这种劈劈拍拍的拍手拍死的。我莫非也非"阵亡"不可么？

没有法子，姑且由它去罢。然而苦矣！访问的，研究的，谈文学的，侦探思想的，要做序，题签的，请演说的，闹得个不亦乐乎。我尤其怕的是演说，因为它有指定的时候，不听拖延。临时到来一班青年,连劝带逼,将你绑了出去。而所说的话是大概有一定的题目的。命题作文,我最不擅长。否则,我在清朝不早进了秀才了么?然而不得已,也只好起承转合,上台去说几句。但我自有定例:至多以十分钟为限。可是心里还是不舒服,事前事后,我常常对熟人叹息说:不料我竟到"革命的策源地"来做洋八股了。

还有一层,我凡有东西发表,无论讲义,演说,是必须自己看过的。但那时太忙,有时不但稿子没有看,连印出了之后也没有看。这回变成书了,我也今天才知道,而终于不明白究竟是怎么一回事,里面是怎样的东西。现在我也不想拿什么费话来捣乱,但以我们多年的交情,希望你最好允许我实行下列三样——

一,将书中的我的演说,文章等都删去。

二,将广告上的著者的署名改正。

三,将这信在《语丝》上发表。

这样一来,就只剩了别人所编的别人的文章,我当然心安理得,无话可说了。但是,还有一层,看了《鲁迅在广东》,是不足以很知道鲁迅之在广东的。我想,要后面再加上几十页白纸,才可以称为"鲁迅在广东"。

回想起我这一年的境遇来,有时实在觉得有味。在厦门,是到时静悄悄,后来大热闹;在广东,是到时大热闹,后来静悄悄。肚大两头尖,像一个橄榄。我如有作品,题这名目是最好的,可惜被郭沫若先生占先用去了。[7]但好在我也没有作品。

至于那时关于我的文字,大概是多的罢。我还记得每有一篇登出，某教授便魂不附体似的对我说道："又在恭维你了！看见了么？"我总点点头，说，"看见了。"谈下去，他照例说，"在西洋，文学是只有女人看的。"我也点点头，说，"大概是的罢。"心里却想：战士和革命者的虚衔，大约不久就要革掉了罢。

照那时的形势看来，实在也足令认明了我的"纸糊的假冠"[8]的才子们生气。但那形势是另有缘故的，以非急切，姑且不谈。现在所要说的，只是报上所表见的，乃是一时的情形；此刻早没有假冠了，可惜报上并不记载。但我在广东的鲁迅自己，是知道的，所以写一点出来，给憎恶我的先生们平平心——

一，"战斗"和"革命"，先前几乎有修改为"捣乱"的趋势，现在大约可以免了。但旧衔似乎已经革去。

二，要我做序的书，已经托故取回。期刊上的我的题签，已经撤换。

三，报上说我已经逃走，或者说我到汉口去了。写信去更正，就没收。

四，有一种报上，竭力不使它有"鲁迅"两字出现，这是由比较两种报上的同一记事而知道的。

五，一种报上，已给我另定了一种头衔，曰：杂感家。[9]评论是"特长即在他的尖锐的笔调，此外别无可称。"然而他希望我们和《现代评论》[10]合作。为什么呢？他说："因为我们细考两派文章思想，初无什么大别。"（此刻我才知道，这篇文章是转录上海的《学灯》[11]的。原来如此，无怪其然。写完之后,追注。)

六,一个学者[12],已经说是我的文字损害了他,要将我送官了,先给我一个命令道:"暂勿离粤,以俟开审!"

阿呀,仁兄,你看这怎么得了呀!逃掉了五色旗下的"铁窗斧钺风味",而在青天白日之下又有"缧绁之忧"[13]了。"孔子曰:'非其罪也。'以其子妻之。"怕未必有这样侥幸的事罢,唉唉,呜呼!

但那是其实没有什么的,以上云云,真是"小病呻吟"。我之所以要声明,不过希望大家不要误解,以为我是坐在高台上指挥"思想革命"而已。尤其是有几位青年,纳罕我为什么近来不开口。你看,再开口,岂不要永"勿离粤,以俟开审"了么?语有之曰:是非只为多开口,烦恼皆因强出头。此之谓也。

我所遇见的那些事,全是社会上的常情,我倒并不觉得怎样。我所感到悲哀的,是有几个同我来的学生,至今还找不到学校进,还在颠沛流离。我还要补足一句,是:他们都不是共产党,也不是亲共派。其吃苦的原因,就在和我认得。所以有一个,曾得到他的同乡的忠告道:"你以后不要再说你是鲁迅的学生了罢。"在某大学里,听说尤其严厉,看看《语丝》,就要被称为"语丝派";和我认识,就要被叫为"鲁迅派"的。

这样子,我想,已经够了,大足以平平正人君子[14]之流的心了。但还要声明一句,这是一部分的人们对我的情形。此外,肯忘掉我,或者至今还和我来往,或要我写字或讲演的人,偶然也仍旧有的。

《语丝》我仍旧爱看,还是他能够破破我的岑寂。但据我看来,其中有些关于南边的议论,未免有一点隔膜。譬如,有一回,似乎颇以"正人君子"之南下为奇,殊不知《现代》在这里,一向是销行很广的。相距太远,也难怪。我在厦门,还只知道一个共产党的总名,到此以后,才知道其中有 CP 和 CY[15]之分。一直到近来,才知道非共产党而称为什么 Y 什么 Y[16]的,还不止一种。我又仿佛感到有一个团体,是自以为正统,而喜欢监督思想的。[17]我似乎也就在被监督之列,有时遇见盘问式的访问者,我往往疑心就是他们。但是否的确如此,也到底摸不清,即使真的,我也说不出名目,因为那些名目,多是我所没有听到过的。

以上算是牢骚。但我觉得正人君子这回是可以审问我了:"你知道苦了罢?你改悔不改悔?"大约也不但正人君子,凡对我有些好意的人,也要问的。我的仁兄,你也许即是其一。我可以即刻答复:"一点不苦,一点不悔。而且倒很有趣的。"

土耳其鸡[18]的鸡冠似的彩色的变换,在"以俟开审"之暇,随便看看,实在是有趣的。你知道没有?一群正人君子,连拜服"孤桐先生"[19]的陈源教授即西滢[20],都舍弃了公理正义的栈房的东吉祥胡同,到青天白日旗下来"服务"了。《民报》的广告在我的名字上用了"权威"两个字,当时陈源教授多么挖苦呀[21]。这回我看见《闲话》[22]出版的广告,道:"想认识这位文艺批评界的权威的,——尤其不可不读《闲话》!"这真使我觉得飘飘然,原来你不必"请君入瓮"[23],自己也会爬进来!

但那广告上又举出一个曾经被称为"学棍"[24]的鲁迅来,而这回偏尊之曰"先生",居然和这"文艺批评界的权威"并列,却确乎给了我一个不小的打击。我立刻自觉:阿呀,痛哉,又被钉在木板上替"文艺批评界的权威"做广告了。两个"权威",一个假的和一个真的,一个被"权威"挖苦的"权威"和一个挖苦"权威"的"权威"。呵呵!

祝你安好。我是好的。

鲁迅。九,三。

* * *

〔1〕 本篇最初发表于1927年10月1日《语丝》周刊第一五一期。

〔2〕 小峰 李小峰(1897—1971),江苏江阴人,北京大学哲学系毕业,曾参加新潮社和语丝社,当时是上海北新书局主持者之一。

〔3〕 《鲁迅在广东》 钟敬文编辑,内收鲁迅到广州后别人所作关于鲁迅的文字十二篇和鲁迅的讲演记录稿三篇、杂文一篇。1927年7月上海北新书局出版。按钟敬文(1903—2002),广东海丰人,当时是广州岭南大学文学系职员。

〔4〕 "革命后方" 1926年7月国民革命军自广东出师北伐,因而当时广东有"革命后方"之称。

〔5〕 指朱家骅(1893—1963),字骝先,浙江吴兴人,曾留学德国,当时任中山大学委员会委员(实际主持校务)。1927年1月25日在中大学生欢迎鲁迅的大会上,他曾发表演说。朱后任国民党政府教育部

长、国民党中央组织部长等职。

〔6〕 秋瑾(1875—1907) 字璿卿,号竞雄,别署鉴湖女侠,浙江绍兴人。1904年留学日本,先后加入光复会、同盟会。1906年春回国。1907年在绍兴主持大通师范学堂,组织光复军,准备与徐锡麟在浙、皖同时起义。徐锡麟起事失败后,她于7月14日被清政府逮捕,次日晨遇害。

〔7〕 郭沫若(1892—1978) 四川乐山人,文学家、史学家,创造社主要成员。《橄榄》是他的小说散文集,1926年9月创造社出版。

〔8〕 "纸糊的假冠" 高长虹在《狂飙》第五期(1926年11月)发表的《1925北京出版界形势指掌图》中曾诋毁鲁迅为"世故老人",并对鲁迅在女师大事件中反对章士钊的斗争加以嘲骂说:在"实际的反抗者(按指女师大学生)从哭声中被迫出校后……鲁迅遂戴其纸糊的权威者的假冠入于身心交病之状况矣!"按高长虹(1898—约1956),山西盂县人,狂飙社主要成员。

〔9〕 指香港《循环日报》。引文见1927年6月10日、11日该报副刊《循环世界》所载徐丹甫《北京文艺界之分门别户》一文。

〔10〕 《现代评论》 综合性周刊,1924年12月创刊于北京,1927年移至上海出版,1928年底出至第九卷第二〇九期停刊。署"现代评论社"编,主要撰稿人有胡适、陈西滢、王世杰、唐有壬、徐志摩等,当时被称为"现代评论派"。在1925年北京女师大风潮及其后的五卅运动、三一八惨案中,发表过不少诋毁群众运动的言论。

〔11〕 《学灯》 上海《时事新报》的副刊。1918年3月4日创刊,1947年2月24日停刊。《时事新报》当时是研究系的报纸。

〔12〕 指顾颉刚(1893—1980),字铭坚,江苏苏州人,历史学家。曾任北京大学、厦门大学教授,时任中山大学教授。1927年7月,顾在

出差杭州时从汉口《中央日报》副刊看到作者致孙伏园信,其中有"在厦门那么反对民党……的顾颉刚"等语,即致函作者,说"诚恐此中是非,非笔墨口舌所可明了,拟于九月中旬回粤后提起诉讼,听候法律解决",并要作者"暂勿离粤,以俟开审"。参看《三闲集·辞顾颉刚教授令"候审"》。

〔13〕 "缧绁之忧"　语出《论语·公冶长》:"子谓'公冶长,可妻也;虽在缧绁之中,非其罪也。'以其子妻之。"公冶长,孔子弟子。缧绁,亦作缧绁,古时系罪人的黑色绳索。

〔14〕 "正人君子"　指现代评论派的胡适、陈西滢、王世杰等。他们在1925年北京女子师范大学风潮中,曾为北洋政府教育总长章士钊等迫害学生的行为辩护,攻击参与学潮的女师大师生。这些人大都住在北京东吉祥胡同,北京《大同晚报》在1925年8月7日的一篇报导中称他们为"东吉祥派之正人君子"。

〔15〕 CP　英文 Communist Party 的缩写,即共产党;CY,英文 Communist Youth 的缩写,即共产主义青年团。

〔16〕 指国民党的青年组织。如 L.Y.,即所谓"左派青年团";T.Y.,即"三民主义同志社"。

〔17〕 指所谓"士的派"(又称"树的党"),国民党右派"孙文主义学会"所操纵的一个广州学生团体。按"士的"是英语 Stick(手杖、棍子)的音译。

〔18〕 土耳其鸡　即吐绶鸡,俗称火鸡。头部有红色肉冠,喉下垂红色肉瓣;公鸡常扩翼展尾如扇状,同时肉冠及肉瓣便由红色变为蓝白色。

〔19〕 孤桐　章士钊(1881—1973),字行严,笔名孤桐,湖南善化(今属长沙)人。辛亥革命前曾参加反清活动,民国后任北京大学教授、

广东军政府秘书长等职。1924年至1926年间任段祺瑞执政府司法总长兼教育总长;同时创办《甲寅》周刊,提倡尊孔读经,反对新文化运动。后来转向同情革命。

〔20〕 陈源(1896—1970) 字通伯,笔名西滢,江苏无锡人,现代评论派的主要成员。曾留学英国,当时任北京大学教授。

〔21〕 《民报》 1925年7月创刊于北京,不久即被奉系军阀张作霖查封。1925年8月初,《民报》在《京报》《晨报》刊登广告,宣传该报的"十二大特色",其中之一为"增加副刊",其中有"本报自8月5日起增加副刊一张,专登学术思想及文艺等,并特约中国思想界之权威者鲁迅……诸先生随时为副刊撰著"等语。陈西滢于1926年1月30日《晨报副刊》发表的《致志摩》中挖苦作者说:"不是有一次一个报馆访员称我们为'文士'吗?鲁迅先生为了那名字几乎笑掉了牙。可是后来某报天天鼓吹他是'思想界的权威者',他倒又不笑了。"

〔22〕 《闲话》 陈西滢发表在《现代评论》"闲话"专栏文章的结集,收文七十八篇,名为《西滢闲话》,1928年3月上海新月书店出版。

〔23〕 "请君入瓮" 唐代酷吏周兴的故事。《资治通鉴》唐则天后天授二年载:"或告文昌右丞周兴与丘神勣通谋,太后命来俊臣鞫之。俊臣与兴方推事对食,谓兴曰:'囚多不承,当为何法?'兴曰:'此甚易耳!取大瓮,以炭四周炙之,令囚入中,何事不承!'俊臣乃索大瓮,火围如兴法,因起谓兴曰:'有内状推兄,请兄入此瓮!'兴惶恐叩头服罪。"

〔24〕 "学棍" 在北京女师大风潮中,国际主义派的《国魂》旬刊第九期(1925年12月30日),登有姜华的《学匪与学阀》一文,辱骂作者及其他支持女师大学生斗争的教员为"学匪"、"学棍";现代评论派也曾用这类话对作者进行辱骂和攻击。

答有恒先生[1]

有恒[2]先生：

你的许多话，今天在《北新》[3]上看见了。我感谢你对于我的希望和好意，这是我看得出来的。现在我想简略地奉答几句，并以寄和你意见相仿的诸位。

我很闲，决不至于连写字工夫都没有。但我的不发议论，是很久了，还是去年夏天决定的，我豫定的沉默期间是两年。我看得时光不大重要，有时往往将它当作儿戏。

但现在沉默的原因，却不是先前决定的原因，因为我离开厦门的时候，思想已经有些改变。这种变迁的径路，说起来太烦，姑且略掉罢，我希望自己将来或者会发表。单就近时而言，则大原因之一，是：我恐怖了。而且这种恐怖，我觉得从来没有经验过。

我至今还没有将这"恐怖"仔细分析。姑且说一两种我自己已经诊察明白的，则：

一，我的一种妄想破灭了。我至今为止，时时有一种乐观，以为压迫，杀戮青年的，大概是老人。这种老人渐渐死去，中国总可比较地有生气。现在我知道不然了，杀戮青年的，似乎倒大概是青年，而且对于别个的不能再造的生命和青春，更无顾惜。如果对于动物，也要算"暴殄天物"[4]。我尤其怕

答有恒先生

看的是胜利者的得意之笔:"用斧劈死"呀,……"乱枪刺死"呀……。我其实并不是急进的改革论者,我没有反对过死刑。但对于凌迟和灭族,我曾表示过十分的憎恶和悲痛,我以为二十世纪的人群中是不应该有的。斧劈枪刺,自然不说是凌迟,但我们不能用一粒子弹打在他后脑上么?结果是一样的,对方的死亡。但事实是事实,血的游戏已经开头,而角色又是青年,并且有得意之色。我现在已经看不见这出戏的收场。

二,我发现了我自己是一个……。是什么呢?我一时定不出名目来。我曾经说过:中国历来是排着吃人的筵宴,有吃的,有被吃的。被吃的也曾吃人,正吃的也会被吃。[5]但我现在发现了,我自己也帮助着排筵宴。先生,你是看我的作品的,我现在发一个问题:看了之后,使你麻木,还是使你清楚;使你昏沉,还是使你活泼?倘所觉的是后者,那我的自己裁判,便证实大半了。中国的筵席上有一种"醉虾"[6],虾越鲜活,吃的人便越高兴,越畅快。我就是做这醉虾的帮手,弄清了老实而不幸的青年的脑子和弄敏了他的感觉,使他万一遭灾时来尝加倍的苦痛,同时给憎恶他的人们赏玩这较灵的苦痛,得到格外的享乐。我有一种设想,以为无论讨赤军,讨革军,倘捕到敌党的有智识的如学生之类,一定特别加刑,甚于对工人或其他无智识者。为什么呢,因为他可以看见更锐敏微细的痛苦的表情,得到特别的愉快。倘我的假设是不错的,那么,我的自己裁判,便完全证实了。

所以,我终于觉得无话可说。

倘若再和陈源教授之流开玩笑罢,那是容易的,我昨天就写了一点[7]。然而无聊,我觉得他们不成什么问题。他们其实至多也不过吃半只虾或呷几口醉虾的醋。况且听说他们已经别离了最佩服的"孤桐先生",而到青天白日旗下来革命了。我想,只要青天白日旗插远去,恐怕"孤桐先生"也会来革命的。不成问题了,都革命了,浩浩荡荡。

问题倒在我自己的落伍。还有一点小事情。就是,我先前的弄"刀笔"[8]的罚,现在似乎降下来了。种牡丹者得花,种蒺藜者得刺,这是应该的,我毫无怨恨。但不平的是这罚仿佛太重一点,还有悲哀的是带累了几个同事和学生。

他们什么罪孽呢,就因为常常和我往来,并不说我坏。凡如此的,现在就要被称为"鲁迅党"或"语丝派",这是"研究系"[9]和"现代派"宣传的一个大成功。所以近一年来,鲁迅已以被"投诸四裔"[10]为原则了。不说不知道,我在厦门的时候,后来是被搬在一所四无邻居的大洋楼上了,陪我的都是书,深夜还听到楼下野兽"唔唔"地叫。但我是不怕冷静的,况且还有学生来谈谈。然而来了第二下的打击:三个椅子要搬去两个,说是什么先生的少爷已到,要去用了。这时我实在很气愤,便问他:倘若他的孙少爷也到,我就得坐在楼板上么?不行! 没有搬去,然而来了第三下的打击,一个教授微笑道:又发名士脾气了[11]。厦门的天条,似乎是名士才能有多于一个的椅子的。"又"者,所以形容我常发名士脾气也,《春秋》笔法[12],先生,你大概明白的罢。还有第四下的打击,那是我临走的时候了,有人说我之所以走,一因为没有酒喝,二因为看见别人的家眷来了,心里不舒服。[13]这还是根据那一次的"名士脾气"的。

这不过随便想到一件小事。但,即此一端,你也就可以原谅我吓得不敢开口之情有可原了罢。我知道你是不希望我做醉虾的。我再斗下去,也许会"身心交病"[14]。然而"身心交病",又会被人嘲笑的。自然,这些都不要紧。但我何苦呢,做醉虾?

不过我这回最侥幸的是终于没有被做成为共产党。曾经有一位青年,想以独秀[15]办《新青年》,而我在那里做过文章这一件事,来证成我是共产党。但即被别一位青年推翻了,他知道那时连独秀也还未讲共产。退一步,"亲共派"罢,终于也没有弄成功。倘我一出中山大学即离广州,我想,是要被排进去的;但我不走,所以报上"逃走了""到汉口去了"的闹了一通之后,倒也没有事了。天下究竟还有光明,没有人说我有"分身法"。现在是,似乎没有什么头衔了,但据"现代派"说,我是"语丝派的首领"。这和生命大约并无什么直接关系,或者倒不大要紧的,只要他们没有第二下。倘如"主角"唐有壬似的又说什么"墨斯科的命令"[16],那可就又有些不妙了。

笔一滑,话说远了,赶紧回到"落伍"问题去。我想,先生,你大约看见的,我曾经叹息中国没有敢"抚哭叛徒的吊客"[17]。而今何如?你也看见,在这半年中,我何尝说过一句话?虽然我曾在讲堂上公表过我的意思,虽然我的文章那时也无处发表,虽然我是早已不说话,但这都不足以作我的辩解。总而言之,现在倘再发那些四平八稳的"救救孩子"似的议论,连我自己听去,也觉得空空洞洞了。

还有,我先前的攻击社会,其实也是无聊的。社会没有知道我在攻击,倘一知道,我早已死无葬身之所了。试一攻击社会的一分子的陈源之类,看如何?而况四万万也哉?我之得以偷生者,因为他们大多数不识字,不知道,并且我的话也无效力,如一箭之入大海。否则,几条杂感,就可以送命的。民众的罚恶之心,并不下于学者和军阀。近来我悟到凡带一点改革性的主张,倘于社会无涉,才可以作为"废话"而存留,万一见效,提倡者即大概不免吃苦或杀身之祸。古今中外,其揆一也。即如目前的事,吴稚晖[18]先生不也有一种主义的么?而他不但不被普天同愤,且可以大呼"打倒……严办"者,即因为赤党要实行共产主义于二十年之后,而他的主义却须数百年之后或者才行,由此观之,近于废话故也。人那有遥管十余代以后的灰孙子时代的世界的闲情别致也哉?

话已经说得不少,我想收梢了。我感于先生的毫无冷笑和恶意的态度,所以也诚实的奉答,自然,一半也借此发些牢骚。但我要声明,上面的说话中,我并不含有谦虚,我知道我自己,我解剖自己并不比解剖别人留情面。好几个满肚子恶意的所谓批评家,竭力搜索,都寻不出我的真症候。所以我这回自己说一点,当然不过一部分,有许多还是隐藏着的。

我觉得我也许从此不再有什么话要说,恐怖一去,来的是什么呢,我还不得而知,恐怕不见得是好东西罢。但我也在救助我自己,还是老法子:一是麻痹,二是忘却。一面挣扎着,还想从以后淡下去的"淡淡的血痕中"[19]看见一点东西,誊在纸片上。

鲁迅。九,四。

* * *

〔1〕 本篇最初发表于1927年10月1日上海《北新》周刊第四十九、五十期合刊。

〔2〕 有恒 时有恒(1905—1982),江苏徐州人,曾参加北伐,当时流落上海。他在1927年8月16日《北新》周刊第四十三、四十四期合刊上发表一篇题为《这时节》的杂感,其中有涉及作者的话:"久不见鲁迅先生等的对盲目的思想行为下攻击的文字了","在现在的国民革命正沸腾的时候,我们把鲁迅先生的一切创作……读读,当能给我们以新路的认识","我们恳切地祈望鲁迅先生出马。……因为救救孩子要紧呀。"鲁迅因作本文回答。

〔3〕 《北新》 综合性杂志,上海北新书局发行,1926年8月创刊。初为周刊,1927年11月第二卷第一期起改为半月刊,出至1930年12月第四卷第二十四期停刊。

〔4〕 "暴殄天物" 语出《尚书·武成》:"今商王受(纣)无道,暴殄天物,害虐烝民。"据唐代孔颖达疏,"天物"是指不包含人在内的"天下百物,鸟兽草木"。

〔5〕 关于吃人的筵宴的议论,参看《坟·灯下漫笔》第二节。

〔6〕 "醉虾" 江浙等地把活虾放进醋、酒、酱油等拌成的配料中生吃的一种菜。

〔7〕 即本文后一篇《辞"大义"》。

〔8〕 刀笔 古代书吏在办理文书时,经常要使用刀和笔两种工具(用笔写在竹简或木札上,有误则用刀削去),所以秦汉时的书吏被称

为刀笔吏;后来成为对舞文弄法的讼师的通称。陈西滢曾在1926年1月30日《晨报副刊》发表的《致志摩》中攻击鲁迅"是做了十几年官的刑名师爷"和"刀笔吏"。

〔9〕 "研究系" 1916年袁世凯死后,黎元洪继任北洋政府总统,并恢复国会;段祺瑞以国务总理的职位掌握实权,与黎发生"府院之争"。原进步党首领梁启超、汤化龙等于9月组织"宪法研究会",支持段祺瑞,这个政客集团被称为"研究系"。在他们主办的《时事新报》副刊《学灯》上,曾刊载《北京文艺界之分别门户》一文,内称"与'现代派'抗衡者是'语丝派'",又说语丝派以鲁迅"为主"。"现代派",即现代评论派,他们曾称鲁迅为"语丝派首领"。参看本书《革"首领"》。

〔10〕 "投诸四裔" 流放到四方边远的地方去。语出《左传》文公十八年:"舜臣尧,宾于四门;流四凶族:浑敦、穷奇、梼杌、饕餮,投诸四裔,以御螭魅。"

〔11〕 指顾颉刚,1926年时任厦门大学教授。作者1926年9月30日致许广平信中说:"此地所请的教授,我和兼士之外,还有朱山根(按指顾颉刚)。这人是陈源之流,我是早知道的。……他已在开始排斥我,说我是'名士派',可笑。"(见《两地书·四十八》)

〔12〕 《春秋》笔法 《春秋》是春秋时期鲁国的史书,相传为孔子所修。过去的经学家认为它每用一字,都含有"褒"、"贬"的"微言大义",称之为"春秋笔法"。

〔13〕 这里指陈万里(田千顷)、黄坚(白果)等散布的流言。如说鲁迅"不肯留居厦门,乃为月亮(按指许广平)不在之故"(见《两地书·一一二》)等。黄坚,字振玉,江西清江人,曾任北京女子师范大学职员。经顾颉刚推荐任厦门大学国学研究院陈列部干事,兼文科主任办公室襄理。陈万里(1891—1969),江苏吴县人,经顾颉刚推荐任厦门大学国

学院考古导师等职。

〔14〕 "身心交病" 这是高长虹嘲骂鲁迅的话。参看本书第49页注〔8〕。

〔15〕 独秀 陈独秀(1879—1942),字仲甫,安徽怀宁人,北京大学教授,《新青年》杂志的创办人,"五四"时期提倡新文化运动的主要人物。1921年中国共产党成立后,任党的总书记。第一次国内革命战争后期,推行右倾投降主义路线,使革命遭到失败。之后,他成了取消主义者,接受托洛茨基派的观点,成立反党小组织,于1929年11月被开除出党。

〔16〕 唐有壬(1893—1935) 湖南浏阳人。当时是《现代评论》的经常撰稿人,后任国民党政府外交部次长。1926年5月12日上海小报《晶报》载有《现代评论被收买?》的一则新闻,其中曾引用《语丝》上揭发《现代评论》收受段祺瑞津贴的文字;接着唐有壬便于同月18日致函《晶报》强作辩解,并造谣说:"《现代评论》被收买的消息,起源于俄国莫斯科。在去年春间,我有个朋友由莫斯科写信来告诉我,说此间的中国人盛传《现代评论》是段祺瑞办的,由章士钊经手每月津贴三千块钱。当时我们听了,以为这不过是共产党造谣的惯技,不足为奇。"《晶报》在发表这封信时,标题是《现代评论主角唐有壬致本报书》。

〔17〕 "抚哭叛徒的吊客" 参看《华盖集·这个与那个》第三节《最先与最后》。这里说的"叛徒",指旧制度的叛逆者。

〔18〕 吴稚晖(1865—1953) 名敬恒,江苏武进人。他原是清末举人,曾先后留学日本、英国。1905年参加同盟会,后任国民党中央监察委员、中央政治会议委员等职。他曾自称为无政府主义者,在1926年2月给邵飘萍的一封信中说过这样的话:"赤化就是所谓共产,这实在是三百年以后的事;犹之乎还有比他更进步的,叫做无政府,他更是

59

三千年以后的事。"1927年3月底4月初他承蒋介石意旨,向国民党中央监察委员会提出《纠察共产党员谋叛党国案》、《请查办共产党分子谋叛案》,叫嚣"打倒""严办"共产党人和革命群众。

〔19〕 "淡淡的血痕中" 1926年3月18日北洋军阀段祺瑞政府枪杀请愿的爱国学生和市民后,作者曾作散文诗《淡淡的血痕中》(收入《野草》),以悼念死者。

辞"大义"[1]

　　我自从去年得罪了正人君子们的"孤桐先生",弄得六面碰壁,只好逃出北京以后,默默无语,一年有零。以为正人君子们忘记了这个"学棍"了罢,——哈哈,并没有。

　　印度有一个泰戈尔。这泰戈尔到过震旦来,改名竺震旦。[2]因为这竺震旦做过一本《新月集》,所以这震旦就有了一个新月社[3],——中间我不大明白了——现在又有一个叫作新月书店的。这新月书店要出版的有一本《闲话》,这本《闲话》的广告里有下面这几句话:

　　　　"……鲁迅先生(语丝派首领)所仗的大义,他的战略,读过《华盖集》的人,想必已经认识了。但是现代派的义旗,和它的主将——西滢先生的战略,我们还没有明了。……"

　　"派"呀,"首领"呀,这种谥法实在有些可怕。不远就又会有人来诮骂。甲道:看哪!鲁迅居然称为首领了。天下有这种首领的么?乙道:他就专爱虚荣。人家称他首领,他就满脸高兴。我亲眼看见的。

　　但这是我领教惯的教训了,并不为奇。这回所觉得新鲜而惶恐的,是忽而将宝贵的"大义"硬塞在我手里,给我竖起大旗来,叫我和"现代派"的"主将"去对垒。我早已说过:公

61

理和正义,都被正人君子夺去了,所以我已经一无所有[4]。大义么,我连它是圆柱形的呢还是椭圆形的都不知道,叫我怎么"仗"?

"主将"呢,自然以有"义旗"为体面罢。不过我没有这么冠冕。既不成"派",也没有做"首领",更没有"仗"过"大义"。更没有用什么"战略",因为我未见广告以前,竟没有知道西滢先生是"现代派"的"主将",——我总当他是一个喽罗儿。

我对于我自己,所知道的是这样的。我想,"孤桐先生"尚在,"现代派"该也未必忘了曾有人称我为"学匪","学棍","刀笔吏"的,而今忽假"鲁迅先生"以"大义"者,但为广告起见而已。

呜呼,鲁迅鲁迅,多少广告,假汝之名以行!

九月三日。

* * *

〔1〕 本篇最初发表于1927年10月1日《语丝》周刊第一五一期。

〔2〕 泰戈尔(R. Tagore,1861—1941) 印度诗人。1924年4月间曾来我国访问。"竺震旦"是他在中国度六十四岁生日时梁启超给他起的中国名字。我国古代称印度为天竺,简称竺国;那时印度一带僧人初入中国,多用"竺"字冠其名。震旦是古代印度人对中国的称呼。

〔3〕 新月社 以留学英美的知识分子为核心的文学和政治性团体,1923年成立于北京。取名于印度诗人泰戈尔的《新月集》。主要

成员有胡适、徐志摩、陈西滢、闻一多、梁实秋、罗隆基等。该社于1926年夏天借北京《晨报副刊》版面出过《诗刊》(周刊)十一期,提倡新格律诗创作。1927年该社成员多数南下,在上海创办新月书店,于1928年3月发刊综合性的《新月》月刊,张扬"英国式"民主政治。

〔4〕 "公理"和"正义",是现代评论派陈西滢等人在支持章士钊、杨荫榆压迫女师大学生时经常使用的字眼。1925年11月底,当女师大学生斗争胜利,回校复课时,陈西滢、王世杰等人又组织所谓"教育界公理维持会",反对女师大复校,支持章士钊另立女子大学。作者在《华盖集续编·新的蔷薇》中曾说:"公理是只有一个的。然而听说这早被他们拿去了,所以我已经一无所有。"

反"漫谈"[1]

我一向对于《语丝》没有恭维过,今天熬不住要说几句了:的确可爱。真是《语丝》之所以为《语丝》。

像我似的"世故的老人"[2]是已经不行,有时不敢说,有时不愿说,有时不肯说,有时以为无须说。有此工夫,不如吃点心。但《语丝》上却总有人出来发迂论,如《教育漫谈》[3],对教育当局去谈教育,即其一也。

"不可与言而与之言",即是"知其不可为而为之"[4],一定要有这种人,世界才不寂寞。这一点,我是佩服的。但也许因为"世故"作怪罢,不知怎地佩服中总带一些腹诽,还夹几分伤惨。徐先生是我的熟人,所以再三思维,终于决定贡献一点意见。这一种学识,乃是我身做十多年官僚,目睹一打以上总长,[5]这才陆续地获得,轻易是不肯说的。

对"教育当局"谈教育的根本误点,是在将这四个字的力点看错了:以为他要来办"教育"。其实不然,大抵是来做"当局"的。

这可以用过去的事实证明。因为重在"当局",所以——

一　学校的会计员,可以做教育总长。

二　教育总长,可以忽而化为内务总长。

三　司法,海军总长,可以兼任教育总长。

反"漫谈"

曾经有一位总长,听说,他的出来就职,是因为某公司要来立案,表决时可以多一个赞成者,所以再作冯妇[6]的。但也有人来和他谈教育。我有时真想将这老实人一把抓出来,即刻勒令他回家陪太太喝茶去。

所以:教育当局,十之九是意在"当局",但有些是意并不在"当局"。

这时候,也许有人要问:那么,他为什么有举动呢?

我于是勃然大怒道:这就是他在"当局"呀!说得露骨一点,就是"做官"!不然,为什么叫"做"?

我得到这一种彻底的学识,也不是容易事,所以难免有一点学者的高傲态度,请徐先生恕之。以下是略述我所以得到这学识的历史——

我所目睹的一打以上的总长之中,有两位是喜欢属员上条陈的。于是听话的属员,便纷纷大上其条陈。久而久之,全如石沉大海。我那时还没有现在这么聪明,心里疑惑:莫非这许多条陈一无可取,还是他没有工夫看呢?但回想起来,我"上去"(这是专门术语,小官进去见大官也)的时候,确是常见他正在危坐看条陈;谈话之间,也常听到"我还要看条陈去","我昨天晚上看条陈"等类的话。那究竟是怎么一回事呢?

有一天,我正从他的条陈桌旁走开,跨出门槛,不知怎的忽蒙圣灵启示,恍然大悟了——

哦!原来他的"做官课程表"上,有一项是"看条陈"的。因为要"看",所以要"条陈"。为什么要"看条陈"?就是"做官"之一部分。如此而已。还有另外的奢望,是我自己的胡涂!

"于我来了一道光",从此以后,我自己觉得颇聪明,近于老官僚了。后来终于被"孤桐先生"革掉[7],那是另外一回事。

"看条陈"和"办教育",事同一例,都应该只照字面解,倘再有以上或更深的希望或要求,不是书呆子,就是不安分。

我还要附加一句警告:倘遇漂亮点的当局,恐怕连"看漫谈"也可以算作他的一种"做"——其名曰"留心教育"——但和"教育"还是没有关系的。

九月四日。

* * *

〔1〕 本篇最初发表于1927年10月8日《语丝》周刊第一五二期。

〔2〕 "世故的老人" 高长虹嘲骂作者的话,参看本书第49页注〔8〕。

〔3〕 《教育漫谈》 原题《教育漫语》,徐祖正作,载于1927年8月13日、20日《语丝》第一四四、一四五两期。1927年8月,把持北洋政府的奉系军阀张作霖,为了加强对教育界的控制,强行把北京九所国立学校合并为"京师大学",引起教育界的不满。徐祖正的文章是对这件事发表的议论。徐祖正(1895—1978),江苏昆山人,时任北京大学教授,与鲁迅多有交往。

〔4〕 "不可与言而与之言" 语出《论语·卫灵公》:"不可与言而与之言,失言。"是孔子的话。"知其不可为而为之",语出《论语·宪问》,是孔子同时的守门人评论他的话。

〔5〕 一打以上总长　自1912年2月至1926年7月鲁迅任职教育部期间,先后任教育总长或代总长的计有二十七人:蔡元培、范源濂、刘冠雄(以海军总长兼)、陈振先(以农林总长兼)、董鸿祎(代)、汪大燮、严修、汤化龙、张一麐、张国淦、孙洪伊、傅增湘、袁希涛(代)、傅嶽芬、齐耀珊(以农商总长兼)、周自齐、黄炎培、汤尔和、彭允彝、黄郛、易培基、王九龄、章士钊(以司法总长兼)、马君武、胡仁源、王宠惠、任可澄。

〔6〕 再作冯妇　《孟子·尽心》:"晋人有冯妇者,善搏虎,卒为善士。则之野,有众逐虎,虎负嵎,莫之敢撄;望见冯妇,趋而迎之。冯妇攘臂下车,众皆悦之;其为士者笑之。"后人称重操旧业为"再作冯妇"。

〔7〕 指1925年8月12日章士钊呈请段祺瑞罢免鲁迅教育部佥事职务一事。鲁迅于同月22日向平政院提出控告,结果胜诉,此年1月17日复职。

忧"天乳"[1]

《顺天时报》载北京辟才胡同女附中主任欧阳晓澜女士不许剪发之女生报考,致此等人多有望洋兴叹之概云云。[2]是的,情形总要到如此,她不能别的了。但天足的女生尚可投考,我以为还有光明。不过也太嫌"新"一点。

男男女女,要吃这前世冤家的头发的苦,是只要看明末以来的陈迹便知道的。[3]我在清末因为没有辫子,曾吃了许多苦[4],所以我不赞成女子剪发。北京的辫子,是奉了袁世凯[5]的命令而剪的,但并非单纯的命令,后面大约还有刀。否则,恐怕现在满城还拖着。女子剪发也一样,总得有一个皇帝(或者别的名称也可以),下令大家都剪才行。自然,虽然如此,有许多还是不高兴的,但不敢不剪。一年半载,也就忘其所以了;两年以后,便可以到大家以为女人不该有长头发的世界。这时长发女生,即有"望洋兴叹"之忧。倘只一部分人说些理由,想改变一点,那是历来没有成功过。

但现在的有力者,也有主张女子剪发的,可惜据地不坚。同是一处地方,甲来乙走,丙来甲走,甲要短,丙要长,长者剪,短了杀。这几年似乎是青年遭劫时期,尤其是女性。报载有一处是鼓吹剪发的,后来别一军攻入了,遇到剪发女子,即慢慢拔去头发,还割去两乳……。这一种刑罚,可以证明男子短发,已为全国所公认。只是女人不准学。去其两乳,即所以使其更像男子而警其妄学男子也。以此例之,欧阳晓澜女士盖尚非甚严欤?

今年广州在禁女学生束胸,违者罚洋五十元。报章称之曰"天乳运动"[6]。有人以不得樊增祥[7]作命令为憾。公文上不见"鸡头肉"等字样,盖殊不足以餍文人学士之心。此外是报上的俏皮文章,滑稽议论。我想,如此而已,而已终古。

我曾经也有过"杞天之虑"[8],以为将来中国的学生出身的女性,恐怕要失去哺乳的能力,家家须雇乳娘。但仅只攻击束胸是无效的。第一,要改良社会思想,对于乳房较为大方;第二,要改良衣装,将上衣系进裙里去。旗袍和中国的短衣,都不适于乳的解放,因为其时即胸部以下掀起,不便,也不好看的。

还有一个大问题,是会不会乳大忽而算作犯罪,无处投考?我们中国在中华民国未成立以前,是只有"不齿于四民之列"[9]者,才不准考试的。据理而言,女子断发既以失男女之别,有罪,则天乳更以加男女之别,当有功。但天下有许多事情,是全不能以口舌争的。总要上谕,或者指挥刀。

否则,已经有了"短发犯"了,此外还要增加"天乳犯",或者也许还有"天足犯"。呜呼,女性身上的花样也特别多,而人生亦从此多苦矣。

我们如果不谈什么革新,进化之类,而专为安全着想,我以为女学生的身体最好是长发,束胸,半放脚(缠过而又放之,一名文明脚)。因为我从北而南,所经过的地方,招牌旗帜,尽管不同,而对于这样的女人,却从不闻有一处仇视她的。

九月四日。

* * *

〔1〕 本篇最初发表于1927年10月8日《语丝》周刊第一五二期。

〔2〕 《顺天时报》 日本人在北京所办的中文报纸。创办人为中岛美雄,最初称《燕京时报》,1901年10月创刊,1930年3月停刊。1927年8月7日该报刊载《女附中拒绝剪发女生入校》新闻一则说:"西城辟才胡同女附中主任欧阳晓澜女士自长校后,不惟对于该校生功课认真督责指导,即该校学风,由女士之严厉整顿,亦日臻良善,近闻该校此次招考新生,凡剪发之女学生前往报名者,概予拒绝与考,因之一般剪发女生多有望洋兴叹之概云。"

〔3〕 指清朝统治者强迫汉人剃发垂辫一事。1644年(明崇祯十七年、清顺治元年)清兵入关并定都北京后,即下令剃发垂辫,因受到各地汉人反对及局势未定而中止。次年5月攻占南京后,又下了严厉的剃发令,限于布告之后十日,"尽使薙(剃)发,遵依者为我国之民,迟疑者同逆命之寇",如"已定地方之人民,仍存明制,不随本朝之制度者,杀无赦!"此事曾引起各地汉人的广泛反抗,有许多人被杀。

〔4〕 作者在清代末年留学日本时,即将辫子剪掉,据许寿裳《亡友鲁迅印象记》所记,时间在1902年(清光绪二十八年)秋冬之际。他在1909年(宣统元年)归国后曾因没有辫子而吃过许多苦。参看《且介亭杂文·病后杂谈之余》和《且介亭杂文末编·因太炎先生而想起的二三事》。

〔5〕 袁世凯(1859—1916) 字慰亭,河南项城人。原任清朝直

隶总督兼北洋大臣、内阁总理大臣,辛亥革命后攫取中华民国临时大总统、大总统职位,迫害革命党人。1916年1月复辟帝制,自称"洪宪"皇帝,6月在国人声讨中病卒。1912年3月5日南京临时政府曾通令"人民一律剪辫";同年11月初,袁世凯在北京发布的一项令文中,也有"剪发为民国政令所关,政府岂能漠视"等话。

〔6〕 "天乳运动" 1927年7月7日,国民党广东省政府委员会第三十三次会议,通过代理民政厅长朱家骅提议的禁止女子束胸案,规定"限三个月内所有全省女子,一律禁止束胸,……倘逾限仍有束胸,一经查确,即处以五十元以上之罚金,如犯者年在二十岁以下,则罚其家长。"(见1927年7月8日广州《国民新闻》)7月21日明令施行,一些报纸也大肆鼓吹,称之为"天乳运动"。

〔7〕 樊增祥(1846—1931) 字嘉父,号樊山,湖北恩施人,清光绪进士,曾任江苏布政使。他喜作诗词骈文,曾写过很多"艳体诗",在用典和对仗上卖弄技巧;做官时所作的判牍,也多轻浮语句。下文的"鸡头肉",是芡实(一种水生植物的果实)的别名。宋代刘斧《青琐高议》前集卷六《骊山记》载:"一日,贵妃浴出,对镜匀面,裙腰褪,微露一乳,……(帝)指妃乳言曰:'软温新剥鸡头肉。'"

〔8〕 "杞天之虑" 这是杨荫榆掉弄成语"杞人忧天"而成的文言用语,原来的故事见《列子·天瑞》:"杞国有人忧天地崩坠,身亡所寄,废寝食者。"杨荫榆在《对于暴烈学生之感言》中说:"若夫拉杂澜言,畸齮笔舌,与此曹子勃谿相向,憎口纵极鼓簧,自待不宜过薄。……梦中多曹社之谋,心上有杞天之虑;然而人纪一日犹存,公理百年自在。"(见1925年5月20日《晨报》)

〔9〕 "不齿于四民之列" 民国以前,封建统治者对于所谓"惰民"、"乐籍"以及戏曲演员、官署差役等都视为贱民,将他们列于"四民"(士、农、工、商)之外,禁止参加科举考试。

革"首领"[1]

　　这两年来,我在北京被"正人君子"杀退,逃到海边;之后,又被"学者"之流杀退,逃到另外一个海边;之后,又被"学者"之流杀退,逃到一间西晒的楼上,满身痱子,有如荔支,兢兢业业,一声不响,以为可以免于罪戾了罢。阿呀,还是不行。一个学者要九月间到广州来,一面做教授,一面和我打官司,还豫先叫我不要走,在这里"以俟开审"哩。

　　以为在五色旗下,在青天白日旗下,一样是华盖罩命[2],晦气临头罢,却又不尽然。不知怎地,于不知不觉之中,竟在"文艺界"里高升了。谓予不信,有陈源教授即西滢的《闲话》广告为证,节抄无趣,剪而贴之——

　　　"徐丹甫先生在《学灯》里说:'北京究是新文学的策源地,根深蒂固,隐隐然执全国文艺界的牛耳。'究竟什么是北京文艺界?质言之,前一两年的北京文艺界,便是现代派和语丝派交战的场所。鲁迅先生(语丝派首领)所仗的大义,他的战略,读过《华盖集》的人,想必已经认识了。但是现代派的义旗,和它的主将——西滢先生的战略,我们还没有明了。现在我们特地和西滢先生商量,把《闲话》选集起来,印成专书,留心文艺界掌故的人,想必都以先睹为快。

"可是单把《闲话》当作掌故又错了。想——

欣赏西滢先生的文笔的,

研究西滢先生的思想的,

想认识这位文艺批评界的权威的——

尤其不可不读《闲话》!"

这很像"诗哲"徐志摩[3]先生的,至少,是"诗哲"之流的"文笔",所以如此飘飘然,连我看了也几乎想要去买一本。但,只是想到自己,却又迟疑了。两三个年头,不算太长久。被"正人君子"指为"学匪",还要"投畀豺虎"[4],我是记得的。做了一点杂感,有时涉及这位西滢先生,我也记得的。这些东西,"诗哲"是看也不看,西滢先生是即刻叫它"到应该去的地方去",我也记得的。后来终于出了一本《华盖集》,也是实情。然而我竟不知道有一个"北京文艺界",并且我还做了"语丝派首领",仗着"大义"在这"文艺界"上和"现代派主将"交战。虽然这"北京文艺界"已被徐丹甫先生在《学灯》上指定,隐隐然不可动摇了,而我对于自己的被说得有声有色的战绩,却还是莫名其妙,像着了狐狸精的迷似的。

现代派的文艺,我一向没有留心,《华盖集》里从何提起。只有某女士窃取"琵亚词侣"的画[5]的时候,《语丝》上(也许是《京报副刊》上)有人说过几句话,后来看"现代派"的口风,仿佛以为这话是我写的。我现在郑重声明:那不是我。我自从被杨荫榆[6]女士杀败之后,即对于一切女士都不敢开罪,因为我已经知道得罪女士,很容易引起"男士"的义侠之心,弄得要被"通缉"都说不定的,便不再开口。所以我和现代派的文艺,丝毫无关。

但终于交了好运了,升为"首领",而且据说是曾和现代派的"主将"在"北京文艺界"上交过战了。好不堂哉皇哉。本来在房里面有喜色,默认不辞,倒也有些阔气的。但因为我近来被人随手抑扬,忽而"权威",忽而不准做"权威",只准做"前驱"[7];忽而又改为"青年指导者"[8];甲说是"青年叛徒的领袖"罢,乙又来冷笑道:"哼哼哼。"[9]自己一动不动,故我依然,姓名却已经经历了几回升沉冷暖。人们随意说说,将我当作一种材料,倒也罢了,最可怕的是广告底恭维和广告底嘲骂。简直是膏药摊上挂着的死蛇皮一般。所以这回虽然蒙现代派追封,但对于这"首领"的荣名,还只得再来公开辞退。不过也不见得回回如此,因为我没有这许多闲工夫。

背后插着"义旗"的"主将"出马,对手当然以阔一点的为是。我们在什么演义上时常看见:"来将通名!我的宝刀不斩无名之将!"主将要来"交战"而将我升为"首领",大概也是"不得已也"的。但我并不然,没有这些大架子,无论吧儿狗,无论臭茅厕,都会唾过几口吐沫去,不必定要脊梁上插着五张尖角旗(义旗?)的"主将"出台,才动我的"刀笔"。假如有谁看见我攻击茅厕的文字,便以为也是我的劲敌,自恨于它的气味还未明了,再要去嗅一嗅,那是我不负责任的。恐怕有人以这广告为例,所以附带声明,以免拖累。

至于西滢先生的"文笔","思想","文艺批评界的权威",那当然必须"欣赏","研究"而且"认识"的。只可惜要"欣赏"……这些,现在还只有一本《闲话》。但我以为咱们的

"主将"的一切"文艺"中,最好的倒是登在《晨报副刊》上的,给志摩先生的大半痛骂鲁迅的那一封信。那是发热的时候所写[10],所以已经脱掉了绅士的黑洋服,真相跃如了。而且和《闲话》比较起来,简直是两样态度,证明着两者之中,有一种是虚伪。这也是要"研究"……西滢先生的"文笔"等等的好东西。

然而虽然是这一封信之中,也还须分别观之。例如:"志摩,……前面是遥遥茫茫荫在薄雾的里面的目的地"[11]之类。据我看来,其实并无这样的"目的地",倘有,却不怎么"遥遥茫茫"。这是因为热度还不很高的缘故,倘使发到九十度左右,我想,那便可望连这些"遥遥茫茫"都一扫而光,近于纯粹了。

九月九日,广州。

* * *

〔1〕 本篇最初发表于1927年10月15日《语丝》周刊第一五三期。

〔2〕 华盖罩命 即"交华盖运"。华盖,古星名。《宋史·天文志》:"华盖七星,杠九星如盖有柄下垂,以覆大帝之座也。"旧时迷信的人有华盖星犯命之说。

〔3〕 徐志摩(1897—1931) 名章垿,字志摩,浙江海宁人。先后留学欧美,曾任北京大学教授,《晨报副刊》编辑,是新月派诗人,现代评论派主要成员之一。著有《志摩的诗》、《猛虎集》等。

〔4〕 "投畀豺虎" 语出《诗经·小雅·巷伯》:"取彼谮人,投畀

豺虎;豺虎不食,投畀有北。"据唐代孔颖达疏:"有北,太阴之乡,使冻杀之。"谮人,造谣的人。

〔5〕 指凌叔华(1904—1990),名瑞棠,笔名淑华,广东番禺人,小说家。陈西滢之妻。关于凌叔华剽窃小说图画的问题,《晨报副刊》自1925年10月1日起,由徐志摩主编,报头用了一幅敞胸半裸的西洋女人黑白画像,无署名,徐志摩在开场白《我为什么来办我想怎么办》中也未声明画的来源;只是在同日刊载的凌叔华所作小说《中秋晚》后的附记中,顺便说"副刊篇首广告的图案也都是凌女士的。"10月8日,《京报副刊》上登载了署名重余(陈学昭)的《似曾相识的〈晨报副刊〉篇首图案》,指出该画是剽窃英国画家琵亚词侣的。不久,《现代评论》第二卷第四十八期(1925年11月7日)发表了凌叔华的小说《花之寺》,11月14日《京报副刊》又发表了署名晨牧的《零零碎碎》一则,暗指凌叔华的《花之寺》说:"挽近文学界抄袭手段日愈发达,……现在某女士竟把柴霍甫的《在消夏别墅》抄窜来了。……这样换汤不换药的小说,瞒得过世人的吗?"陈西滢疑心这两篇文章都是鲁迅所作。在《现代评论》第二卷第五十期(1925年11月21日)《闲话》中映射鲁迅说:"我们中国的批评家实在太宏博了。他们……在地上找寻窃贼,以致整大本的剽窃,他们倒往往视而不见。要举个例么? 还是不说吧,我实在不敢再开罪'思想界的权威'。"

〔6〕 杨荫榆(1884—1938) 江苏无锡人。曾留学日本、美国,1924年任国立北京女子师范大学校长,因压制学生引发学潮。

〔7〕 "权威" 《民报》广告中称作者的话,参看本书第51页注〔21〕。"不准做'权威',只准做'前驱'",是针对高长虹的话而说的。高长虹在《1925北京出版界形势指掌图》中曾说:"要权威者何用? 为鲁迅计,则拥此空名,无裨实际";而在"狂飙社广告"(见1926年8月《新女性》月刊第一卷第八号)中又说他们曾经"与思想界先驱者鲁

迅……合办《莽原》。"

〔8〕 "青年指导者"　1926年2月3日《晨报副刊》以"结束闲话,结束废话!"为题,发表了李四光和徐志摩的通信。李四光在通信中说鲁迅"东方文学家的风味,他似乎格外的充足,所以他拿起笔来,总要写到露骨到底,才尽他的兴会,弄到人家无故受累,他也管不着。"同时他又慨叹"指导青年的人,还要彼此辱骂,制成一个恶劣的社会"。徐志摩则说:"大学的教授们","负有指导青年重责的前辈",是不该这样"混斗"的。因为"这不仅是绅士不绅士的问题,这是像受教育人不像的问题。……学生们看做他们先生的这样丢丑,忍不住开口说话了。绝对没关系人看了这情形也不耐烦了。""让我们对着混斗的双方猛喝一声:带住! 让我们对着我们自己不十分上流的根性猛喝一声:带住!"

〔9〕 "青年叛徒的领袖"　1925年9月4日《莽原》周刊第二十期载有霉江致作者的信,其中有"青年叛徒领导者"的话。陈西滢在1926年1月30日《晨报副刊》发表的《致志摩》中讥讽作者说:"这像'青年叛徒的领袖'吗?""这才是中国'青年叛徒的领袖',中国青年叛徒也可想而知了。"

〔10〕 陈西滢关于"发热"的话,见《致志摩》的末尾:"昨晚因为写另一篇文章,睡迟了,今天似乎有些发热。今天写了这封信,已经疲乏了。"

〔11〕 陈西滢在《致志摩》中曾说:"志摩,……我常常觉得我们现在走的是一条狭窄险阻的小路,左面是一个广漠无际的泥潭,右面也是一片广漠无际的浮砂,前面是遥遥茫茫荫在薄雾里面的目的地。"

谈"激烈"[1]

带了书籍杂志过"香江",有被视为"危险文字"而尝"铁窗斧钺风味"之险,我在《略谈香港》里已经说过了。但因为不知道怎样的是"危险文字",所以时常耿耿于心。为什么呢?倒也并非如上海保安会所言,怕"中国元气太损"[2],乃是自私自利,怕自己也许要经过香港,须得留神些。

今年似乎是青年特别容易死掉的年头。"千里不同风,百里不同俗。"这里以为平常的,那边就算过激,滚油煎指头。今天正是正当的,明天就变犯罪,藤条打屁股。倘是年青人,初从乡间来,一定要被煎得莫明其妙,以为现在是时行这样的制度了罢。至于我呢,前年已经四十五岁了[3],而且早已"身心交病",似乎无须这么宝贵生命,思患豫防。但这是别人的意见,若夫我自己,还是不愿意吃苦的。敢乞"新时代的青年"们鉴原为幸。

所以,留神而又留神。果然,"天助自助者",今天竟在《循环日报》上遇到一点参考资料了。事情是一个广州执信学校的学生,路过(!)香港,"在尖沙嘴码头,被一五七号华差截搜行李,在其木杠(谨案:箱也)之内,搜获激烈文字书籍七本。计开:执信学校印行之《宣传大纲》六本,又《侵夺中国史》一本。此种激烈文字,业经华民署翻译员择译完竣,昨日午乃解由连司提讯,控以怀有激烈文字书籍之罪。……"抄报太麻烦,说个大略罢,是:"择译"时期,押银五百元出外;后来因为被告供称书系朋友托带,所以"姑判从轻罚银二十五元,书籍没收焚毁"云。

执信学校是广州的平正的学校,既是"清党"之后,则《宣传大纲》不外三民主义可知,但一到"尖沙嘴",可就"激烈"了;可怕。惟独对于友邦,竟敢用"侵夺"字样,则确也未免"激烈"一点,因为忘了他们正在替我们"保存国粹"之恩故也。但"侵夺"上也许还有字,记者不敢写出来。

我曾经提起过几回元朝,今夜思之,还不很确。元朝之于中文书籍,未尝如此留心。这一著倒要推清朝做模范。他不但兴过几回"文字狱"[4],大杀叛徒,且于宋朝人所做的"激烈文字",也曾细心加以删改。同胞之热心"复古"及友邦之赞助"复古"者,似当奉为师法者也。

清朝人改宋人书,我曾经举出过《茅亭客话》。但这书在《琳琅秘室丛书》里[5],现在时价每部要四十元,倘非小阔人,那能得之哉?近来却另有一部了,是商务印书馆印的《鸡肋编》,宋庄季裕著,每本只要五角,我们可以看见清朝的文澜阁本和元钞本有如何不同。[6]今摘数条如下:

> "燕地……女子……冬月以栝蒌涂面,……至春暖方涤去,久不为风日所侵,故洁白如玉也。今使中国妇女,尽污于殊俗,汉唐和亲之计,盖未为屈也。"(清人将"今使中国"以下二十二字,改作"其异于南方如此"七字。)

"自古兵乱,郡邑被焚毁者有之,虽盗贼残暴,必赖室庐以处,故须有存者。靖康之后,金虏侵凌中国,露居异俗,凡所经过,尽皆焚爇。如曲阜先圣旧宅,自鲁共王之后,但有增葺。莽卓巢温之徒,犹假崇儒,未尝敢犯。至金寇,遂为烟尘。指其像而诟曰'尔是言夷狄之有君者!'中原之祸,自书契以来,未之有也。"(清朝的改本,可大不同了,是"孔子宅在今僊源故鲁城中归德门内阙里之中。……遭汉中微,盗贼奔突,自西京未央建章之殿,皆见隳坏,而灵光岿然独存。今其遗址,不复可见。而先圣旧宅,近日亦遭兵爇之厄,可叹也夫。")

抄书也太麻烦,还是不抄下去了。但我们看第二条,就很可以悟出上海保安会所切望的"循规蹈矩"之道[7]。即:原文带些愤激,是"激烈",改本不过"可叹也夫",是"循规蹈矩"的。何以故呢?愤激便有揭竿而起的可能,而"可叹也夫"则瘟头瘟脑,即使全国一同叹气,其结果也不过是叹气,于"治安"毫无妨碍的。

但我还要给青年们一个警告:勿以为我们以后只做"可叹也夫"的文章,便可以安全了。新例我还未研究好,单看清朝的老例,则准其叹气,乃是对于古人的优待,不适用于今人的。因为奴才都叹气,虽无大害,主人看了究竟不舒服。必须要如罗素[8]所称赞的杭州的轿夫一样,常是笑嘻嘻。

但我还要给自己解释几句:我虽然对于"笑嘻嘻"仿佛有点微词,但我并非意在鼓吹"阶级斗争",因为我知道我的这一篇,杭州轿夫是不会看见的。况且"讨赤"诸君子,都不肯笑嘻嘻的去抬轿,足见以抬轿为苦境,也不独"乱党"为然。而况我的议论,其实也不过"可叹也夫"乎哉!

现在的书籍往往"激烈",古人的书籍也不免有违碍之处。那么,为中国"保存国粹"者,怎么办呢?我还不大明白。仅知道澳门是正在"征诗",共收卷七千八百五十六本,经"江霞公太史(孔殷)[9]评阅",取录二百名。第一名的诗是:

南中多乐日高会。。。　　良时厚意愿得常。。。
陵松万章发文彩。。。　　百年贵寿齐辉光。。。

这是从香港报上照抄下来的,一连三圈,也原本如此,我想大概是密圈之意。这诗大约还有一种"格",如"嵌字格"[10]之类,但我是外行,只好不谈。所给我益处的,是我居然从此悟出了将来的"国粹",当以诗词骈文为正宗。史学等等,恐怕未必发达。即要研究,也必先由老师宿儒,先加一番改定工夫。唯独诗词骈文,可以少有流弊。故骈文入神的饶汉祥[11]一死,日本人也不禁为之慨叹,而"狂徒"又须挨骂了。

日本人拜服骈文于北京,"金制军""整理国故"于香港,其爱护中国,恐其沦亡,可谓至矣。然而裁厘加税[12],大家都不赞成者何哉?盖厘金乃国粹,而关税非国粹也。"可叹也夫"!

今是中秋,璧月澄澈,叹气既完,还不想睡。重吟"征诗",莫名其妙,稿有余纸,因录"江霞公太史"评语,俾读者咸知好处,但圈点是我僭加的——

"以谢启为题,寥寥二十八字。既用古诗十九首中字,复嵌全限内字。首二句是赋,三句是兴,末句是兴而比。步骤井然,举重若轻,绝不吃力。虚室生白,吉祥止止。洵属巧中生巧,难上加难。至其胎息之高古,意义之纯粹,格调之老苍,非寝馈汉魏古诗有年,未易臻斯境界。"

九月十一日,广州。

* * *

〔1〕 本篇最初发表于 1927 年 10 月 8 日《语丝》周刊第一五二期。

〔2〕 "中国元气太损" 1927 年夏天,上海公共租界的英国当局,嗾使一部分买办洋奴用所谓"上海保安会"的名义,散发维护帝国主义利益的传单与图画,有一张图画上画一个学生高高站着大叫"打倒帝国主义!"他下面的一群听众都表示反对,其中有一个工人张嘴喊着:"中国元气太损,再用不着破坏了!"

〔3〕 高长虹在《1925 北京出版界形势指掌图》中有这样的话:"鲁迅去年不过四十五岁,……如自谓老人,是精神的堕落!"下文"身心交病"、"新时代的青年",也出自高长虹这篇文章。

〔4〕 清代康熙、雍正、乾隆等朝,曾大兴文字狱,以消除汉族的反清思想。如康熙二年(1663)庄廷鑨《明书》之狱;康熙五十年(1711)戴名世《南山集》之狱;雍正十年(1732)吕留良、曾静之狱;乾隆二十年(1755)胡中藻《坚磨生诗钞》之狱;乾隆四十三年(1778)徐述夔《一柱楼诗》之狱等,是其中最著名的几次大狱。

〔5〕 《茅亭客话》 宋代黄休复著;《琳琅秘室丛书》,清代胡珽校刊。参看《华盖集·这个与那个》第一节及其注〔6〕、〔7〕。

谈"激烈"

〔6〕 《鸡肋编》 宋代庄季裕所著的笔记,内容多述轶闻旧事,凡三卷。庄季裕,名绰,字季裕,宋代山西清源(今属清徐)人。清代胡珽《琳琅秘室丛书》中收有此书,系以影元钞本校文澜阁本;这里是指夏敬观据琳琅秘室本校印的本子,1920年7月出版。文澜阁,收藏清代乾隆年间所纂修的"四库全书"的七阁之一,在杭州西湖孤山附近,建于乾隆四十九年(1784)。

〔7〕 "循规蹈矩"之道 1927年7月上海公共租界"工部局"下令增加房捐,受到市民的反抗。租界当局御用的"上海保安会"便散发题为《循规蹈矩》的传单,说"循规蹈矩""是千古治家治国的至理名言;否则,处处演出越轨的举动,就要家不家,国不国了。"威胁民众不得为此事"罢工辍业"。

〔8〕 罗素(B. Russell,1872—1970) 英国哲学家。1920年10月来我国讲学,曾至西湖游览。他"称赞"杭州轿夫"常是笑嘻嘻"的话,见所著《中国问题》一书,其中说几个中国轿夫在休息时,"谈着笑着,好像一点忧虑都没有似的。"

〔9〕 江霞公太史 即江孔殷,字少泉,号霞公,广东南海人。清末翰林,故称太史。他当时是广东军阀李福林的幕僚,经常在广州、港澳等地以遗老姿态搞复古活动。

〔10〕 "嵌字格" 过去做旧诗或对联的人,将几个特定的字(如人名地名或成语),依次分别用在各句中相同的位置上,叫做"嵌字格"。

〔11〕 饶汉祥(1876—1927) 字宓僧,湖北广济人。清末举人,民国初年曾任黎元洪的秘书长。他作的通电宣言,都是骈文滥调。他于1927年7月去世,同月29日《顺天时报》日本记者著文哀悼,其中有这样的句子:"饶之文章为今日一般白话文学家所蔑视,实则词章本属国粹,饶已运化入神,何物狂徒,鄙弃国粹,有识者于饶之死不能不叹天

83

之降眘于斯文也。"

〔12〕 裁厘加税　厘即厘金,是起于清代咸丰年间的一种地方货物通过税。1925年10月段祺瑞政府邀请英、美、日等国,在北京召开"关税特别会议",会上曾讨论中国裁撤厘金和增加进口税等问题。各国代表大都以裁撤厘金为承认中国关税自主的条件,反对中国在裁厘以前提高进口货物的税率。他们所以在会议上提出裁厘,意在抵制中国政府增加关税的要求,因为他们明知当时的中国军阀割据,中国政府根本不可能裁撤厘金。

扣丝杂感[1]

以下这些话,是因为见了《语丝》(一四七期)的《随感录》(二八)[2]而写的。

这半年来,凡我所看的期刊,除《北新》外,没有一种完全的:《莽原》[3],《新生》[4],《沉钟》[5]。甚至于日本文的《斯文》,里面所讲的都是汉学,末尾附有《西游记传奇》[6],我想和演义来比较一下,所以很切用,但第二本即缺少,第四本起便杳然了。至于《语丝》,我所没有收到的统共有六期,后来多从市上的书铺里补得,惟有一二六和一四三终于买不到,至今还不知道内容究竟是怎样。

这些收不到的期刊,是遗失,还是没收的呢?我以为两者都有。没收的地方,是北京,天津,还是上海,广州呢?我以为大约也各处都有。至于没收的缘故,那可是不得而知了。

我所确切知道的,有这样几件事。是《莽原》也被扣留过一期,不过这还可以说,因为里面有俄国作品的翻译。那时只要一个"俄"字,已够惊心动魄,自然无暇顾及时代和内容。但韦丛芜的《君山》[7],也被扣留。这一本诗,不但说不到"赤",并且也说不到"白",正和作者的年纪一样,是"青"的,而竟被禁锢在邮局里。黎锦明先生早有来信,说送我《烈火集》[8],一本是托书局寄的,怕他们忘记,自己又寄了一本。

但至今已将半年,一本也没有到。我想,十之九都被没收了,因为火色既"赤",而况又"烈"乎,当然通不过的。

《语丝》一三二期寄到我这里的时候是出版后约六星期,封皮上写着两个绿色大字道:"扣留",另外还有检查机关的印记和封条。打开看时,里面是《猩猩人的创世记》,《无题》,《寂寞札记》,《撒园荽》,《苏曼殊及其友人》,都不像会犯禁。我便看《来函照登》,是讲"情死""情杀"的,不要紧,目下还不管这些事。只有《闲话拾遗》了。这一期特别少,共只两条。一是讲日本的,大约也还不至于犯禁。一是说来信告诉"清党"的残暴手段的,《语丝》此刻不想登。莫非因为这一条么?但不登何以又不行呢?莫明其妙。然而何以"扣留"而又放行了呢?也莫明其妙。

这莫明其妙的根源,我以为在于检查的人员。

中国近来一有事,首先就检查邮电。这检查的人员,有的是团长或区长,关于论文诗歌之类,我觉得我们不必和他多谈。但即使是读书人,其实还是一样的说不明白,尤其是在所谓革命的地方。直截痛快的革命训练弄惯了,将所有革命精神提起,如油的浮在水面一般,然而顾不及增加营养。所以,先前是刊物的封面上画一个工人,手捏铁铲或鹤嘴锹,文中有"革命!革命!""打倒!打倒!"者,一帆风顺,算是好的。现在是要画一个少年军人拿旗骑在马上,里面"严办!严办!"[9]这才庶几免于罪戾。至于什么"讽刺","幽默","反语","闲谈"等类,实在还是格不相入。从格不相入,而成为视之懵然,结果即不免有些弄得乱七八糟,谁也莫明其妙。

还有一层,是终日检查刊物,不久就会头昏眼花,于是讨厌,于是生气,于是觉得刊物大抵可恶——尤其是不容易了然的——而非严办不可。我记得书籍不切边,我也是作俑者之一,当时实在是没有什么恶意的。后来看见方传宗先生的通信(见本《丝》一二九),竟说得要毛边装订的人有如此可恶[10],不觉满肚子冤屈。但仔细一想,方先生似乎是图书馆员,那么,要他老是裁那并不感到兴趣的毛边书,终于不免生气而大骂毛边党,正是毫不足怪的事。检查员也同此例,久而久之,就要发火,开初或者看得详细点,但后来总不免《烈火集》也可怕,《君山》也可疑,——只剩了一条最稳当的路:扣留。

两个月前罢,看见报上记着某邮局因为扣下的刊物太多,无处存放了,一律焚毁。我那时实在感到心痛,仿佛内中很有几本是我的东西似的。呜呼哀哉!我的《烈火集》呵。我的《西游记传奇》呵。我的……。

附带还要说几句关于毛边的牢骚。我先前在北京参与印书的时候,自己暗暗地定下了三样无关紧要的小改革,来试一试。一,是首页的书名和著者的题字,打破对称式;二,是每篇的第一行之前,留下几行空白;三,就是毛边。现在的结果,第一件已经有恢复香炉烛台式的了;第二件有时无论怎样叮嘱,而临印的时候,工人终于将第一行的字移到纸边,用"迅雷不及掩耳的手段",使你无可挽救;第三件被攻击最早,不久我便有条件的降伏了。与李老板[11]约:别的不管,只是我的译著,必须坚持毛边到底!但是,今竟如何?老板送给我的五部或十部,至今还确是毛边。不过在书铺里,我却发现了毫无"毛"气,四面光滑的《彷徨》之类。归根结蒂,他们都将彻底的胜利。所以说我想改革社会,或者和改革社会有关,那是完全冤枉的,我早已瘟头瘟脑,躺在板床上吸烟卷——彩凤牌——了。

言归正传。刊物的暂时要碰钉子,也不但遇到检查员,我恐怕便是读书的青年,也还是一样。先已说过,革命地方的文字,是要直截痛快,"革命!革命!"的,这才是"革命文学"。我曾经看见一种期刊上登载一篇文章,后有作者的附白,说这一篇没有谈及革命,对不起读者,对不起对不起。[12]但自从"清党"以后,这"直截痛快"以外,却又增添了一种神经过敏。"命"自然还是要革的,然而又不宜太革,太革便近于过激,过激便近于共产党,变了"反革命"了。所以现在的"革命文学",是在顽固这一种反革命和共产党这一种反革命之间。

于是又发生了问题,便是"革命文学"站在这两种危险物之间,如何保持她的纯正——正宗。这势必至于必须防止近于赤化的思想和文字,以及将来有趋于赤化之虑的思想和文字。例如,攻击礼教和白话,即有趋于赤化之忧。因为共产派无视一切旧物,而白话则始于《新青年》,而《新青年》乃独秀所办。今天看见北京教育部禁止白话[13]的消息,我逆料《语丝》必将有几句感慨,但我实在是无动于中。我觉得连思想文字,也到处都将窒息,几句白话黑话,已经没有什么大关系了。

那么,谈谈风月,讲讲女人,怎样呢?也不行。这是"不革命"。"不革命"虽然无罪,然而是不对的!

现在在南边,只剩了一条"革命文学"的独木小桥,所以外来的许多刊物,便通不过,扑通!扑通!都掉下去了。

但这直捷痛快和神经过敏的状态,其实大半也还是视指挥刀的指挥而转移的。而此时刀尖的挥动,还是横七竖八。方向有个一定之后,或者可以好些罢。然而也不过是"好些",内中的骨子,恐怕还不外乎窒息,因为这是先天性的遗传。

先前偶然看见一种报上骂郁达夫先生,[14]说他《洪水》[15]上的一篇文章,是不怀好意,恭维汉口。我就去买《洪水》来看,则无非说旧式的崇拜一个英雄,已和现代潮流不合,倒也看不出什么恶意来。这就证明着眼光的钝锐,我和现在的青年文学家已很不同了。所以《语丝》的莫明其妙的失踪,大约也许只是我们自己莫明其妙,而上面的检查员云云,倒是假设的恕词。

至于一四五期以后,这里是全都收到的,大约惟在上海者被押。假如真的被押,我却以为大约也与吴老先生无关。"打倒……打倒……严办……严办……",固然是他老先生亲笔的话,未免有些责任,但有许多动作却并非他的手脚了。在中国,凡是猛人(这是广州常用的话,其中可以包括名人,能人,阔人三种),都有这种的运命。

无论是何等样人,一成为猛人,则不问其"猛"之大小,我觉得他的身边便总有几个包围的人们,围得水泄不透。那结果,在内,是使该猛人逐渐变成昏庸,有近乎傀儡的趋势。在外，是使别人所看见的并非该猛人的本相，而是经过了包围者的曲折而显现的幻形。至于幻得怎样，则当视包围者是三棱镜呢，还是凸面或凹面而异。假如我们能有一种机会，偶然走到一个猛人的近旁，便可以看见这时包围者的脸面和言动，和对付别的人们的时候有怎样地不同。我们在外面看见一个猛人的亲信，谬妄骄恣，很容易以为该猛人所爱的是这样的人物。殊不知其实是大谬不然的。猛人所看见的他是娇嫩老实，非常可爱，简直说话会口吃，谈天要脸红。老实说一句罢，虽是"世故的老人"如不佞者，有时从旁看来也觉得倒也并不坏。

但同时也就发生了胡乱的矫诏和过度的巴结，而晦气的人物呀，刊物呀，植物呀，矿物呀，则于是乎遭灾。但猛人大抵是不知道的。凡知道一点北京掌故的，该还记得袁世凯做皇帝时候的事罢。要看日报，包围者连报纸都会特印了给他看，民意全部拥戴，舆论一致赞成。[16] 直要待到蔡松坡[17]云南起义，这才阿呀一声，连一连吃了二十多个馒头都自己不知道。但这一出戏也就闭幕，袁公的龙驭上宾于天[18]了。

包围者便离开了这一株已倒的大树，去寻求别一个新猛人。

我曾经想做过一篇《包围新论》，先述包围之方法，次论中国之所以永是走老路，原因即在包围，因为猛人虽有起仆兴亡，而包围者永是这一伙。次更论猛人倘能脱离包围，中国就有五成得救。结末是包围脱离法。——然而终于想不出好的方法来，所以这新论也还没有敢动笔。

爱国志士和革命青年幸勿以我为懒于筹画,只开目录而没有文章。我思索是也在思索的,曾经想到了两样法子,但反复一想,都无用。一,是猛人自己出去看看外面的情形,不要先"清道"[19]。然而虽不"清道",大家一遇猛人,大抵也会先就改变了本然的情形,再也看不出真模样。二,是广接各样的人物,不为一定的若干人所包围。然而久而久之,也终于有一群制胜,而这最后胜利者的包围力则最强大,归根结蒂,也还是古已有之的运命:龙驭上宾于天。

世事也还是像螺旋。但《语丝》今年特别碰钉子于南方,仿佛得了新境遇,这又是什么缘故呢?这一点,我自以为是容易解答的。

"革命尚未成功",是这里常见的标语。但由我看来,这仿佛已经成了一句谦虚话,在后方的一大部分的人们的心里,是"革命已经成功"或"将近成功"了。既然已经成功或将近成功,自己又是革命家,也就是中国的主人翁,则对于一切,当然有管理的权利和义务。刊物虽小事,自然也在看管之列。有近于赤化之虑者无论矣,而要说不吉利语,即可以说是颇有近于"反革命"的气息了,至少,也很令人不欢。而《语丝》,是每有不肯凑趣的坏脾气的,则其不免于有时失踪也,盖犹其小焉者耳。

九月十五日。

* * *

[1] 本篇最初发表于 1927 年 10 月 22 日《语丝》周刊第一五

四期。

〔2〕 《语丝》第一四七期(1927年9月3日)《随感录》二十八是岂明(周作人)所作的《光荣》。内容是说《语丝》第一四一期登载了一篇《吴公如何》,指斥吴稚晖提议"清党",残杀异己,因而从那一期以后在南方便都被扣留的事。

〔3〕 《莽原》 文艺刊物,鲁迅编辑,1925年4月24日创刊于北京。初为周刊,附《京报》发行,同年11月27日出至第三十二期休刊。1926年1月10日改为半月刊,未名社出版。1926年8月鲁迅离开北京后,由韦素园接编,1927年12月25日出至第四十八期停刊。这里指半月刊。

〔4〕 《新生》 文艺周刊,北京大学新生社编辑发行,1926年12月创刊,1927年7月出至第二十一期停刊。

〔5〕 《沉钟》 文艺刊物,沉钟社编辑。1925年10月创刊于北京,初为周刊,仅出十期;次年8月改为半月刊,中经休刊复刊,1934年2月出至三十四期停刊。主要作者有林如稷、冯至、陈炜谟、陈翔鹤、杨晦等。这里是指半月刊。

〔6〕 《斯文》 月刊,日本出版的汉学杂志,佐久节编,1919年1月创刊于东京。该刊自1927年1月第九编第一号起连载《西游记杂剧》(非传奇)。《西游记杂剧》,现存本题元吴昌龄撰,实为元末明初杨讷(字景贤)所作,共六卷。我国佚亡已久,1926年日本宫内省图书寮发见明刊杨东来评本。

〔7〕 韦丛芜(1905—1978) 安徽霍丘人,未名社成员。《君山》,韦丛芜作的长诗,1927年3月北京未名社出版。

〔8〕 黎锦明(1905—1999) 湖南湘潭人,小说家。《烈火》是他的短篇小说集(书名无"集"字),1926年上海开明书店出版。

〔9〕 这是广州的所谓"革命文学社"出版的反共刊物《这样做》(旬刊)第三、四期合刊(1927年4月30日)的封面画,以后各期均沿用。

〔10〕 方传宗关于毛边装订的通信,载《语丝》第一二九期(1927年4月30日)。其中说,毛边装订在作者是作品"内容浅薄的掩丑",对于读者,则"两百多页的书要受十多分钟裁剖的损失",所以他反对毛边装订。从通信中可知他当时是福建一个学校的图书馆馆员。

〔11〕 李老板 指北新书局主持者李小峰。参看本书第48页注〔2〕。

〔12〕 《这样做》第七、八期合刊(1927年6月20日)载有署名侠子的《东风》一文,作者在文末"附白"中说:"在这革命火焰高燃的当中,我们所渴望着的文学当然是革命的文学,平民的文学,拙作《东风》载在这革命的刊物里,本来是不对的……希望读者指正和原谅。"

〔13〕 教育部禁止白话 1927年9月,北洋政府教育部发布禁止白话文令,说使用白话文是"坐令俚鄙流传,斯文将丧",下令"所有国文一课,无论编纂何项讲义及课本,均不准再用白话文体,以昭划一而重国学"。

〔14〕 郁达夫(1896—1945) 浙江富阳人,作家,创造社主要成员。郁达夫的受攻击的文章,指他在《洪水》半月刊第三卷第二十九期(1927年4月8日)发表的《在方向转换的途中》。该文主旨在攻击他认为"足以破坏我们目下革命运动(按指第一次国内革命战争)的最大危险"的"封建时代的英雄主义"。文中有这样一段:"处在目下的这一个世界潮流里,我们要知道,光凭一两个英雄,来指使民众,利用民众,是万万办不到的事情。真正识时务的革命领导者,应该一步不离开民众,以民众的利害为利害,以民众的敌人为敌人,万事要听民众的指挥,要服从民

众的命令才行。若有一二位英雄,以为这是迂阔之谈,那么你们且看着,且看你们个人独裁的高压政策,能够持续几何时。"《这样做》第七、八期合刊上发表孔圣裔的《郁达夫先生休矣!》一文,攻击说:"我意料不到,万万意料不到郁达夫先生的论调,竟是中国共产党攻击我们劳苦功高的蒋介石同志的论调,什么英雄主义,个人独裁的高压政策";"郁达夫先生!你现在是做了共产党的工具,还是想跑去武汉方面升官发财,特使来托托共产党的大脚?"孔圣裔,广东五华人。1927年2月在《广州民国日报》刊登《退出共产党启事》,公开参加国民党;同年3月创办《这样做》旬刊。

〔15〕 《洪水》 创造社刊物之一,1924年8月创刊于上海。初为周刊,仅出一期,1925年9月复刊,改为半月刊,1927年12月出至三十六期停刊。

〔16〕 袁世凯于1916年1月1日改元为"洪宪",自称"中华帝国"皇帝,至3月22日取消帝制,共八十一天。关于他看特印的报纸一事,据戈公振《中国报学史》引《虎庵杂记》:"项城(按指袁世凯)在京取阅上海各报,皆由梁士诒、袁乃宽辈先行过目,凡载有反对帝制文电,皆易以拥戴字样,重制一版,每日如是,然后始进呈。"

〔17〕 蔡松坡(1882—1916) 名锷,字松坡,湖南邵阳人。辛亥革命时在昆明起义,任云南都督。1915年12月在云南组织"护国军"讨伐袁世凯。后病故于日本。

〔18〕 龙驭上宾于天 封建时代称皇帝的死为"龙驭上宾于天"(或龙驭宾天),即乘龙仙去的意思。《史记·封禅书》:"黄帝采首山铜,铸鼎于荆山下。鼎既成,有龙垂胡髯下迎黄帝。黄帝上骑,群臣后宫从上者七十余人,龙乃上去。"

〔19〕 "清道" 封建时代,帝王和官员出入,先命清扫道路和禁止行人,叫做"清道"。

"公理"之所在[1]

在广州的一个"学者"说,"鲁迅的话已经说完,《语丝》不必看了。"这是真的,我的话已经说完,去年说的,今年还适用,恐怕明年也还适用。但我诚恳地希望他不至于适用到十年二十年之后。倘这样,中国可就要完了,虽然我倒可以自慢。

公理和正义都被"正人君子"拿去了,所以我已经一无所有。这是我去年说过的话,而今年确也还是如此。然而我虽然一无所有,寻求是还在寻求的,正如每个穷光棍,大抵不会忘记银钱一样。

话也还没有说完。今年,我竟发见了公理之所在了。或者不能说发见,只可以说证实。北京中央公园里不是有一座白石牌坊,上面刻着四个大字道,"公理战胜"[2]么?——Yes,就是这个。

这四个字的意思是"有公理者战胜",也就是"战胜者有公理"。

段执政[3]有卫兵,"孤桐先生"秉政,开枪打败了请愿的学生,胜矣。于是东吉祥胡同的"正人君子"们的"公理"也蓬蓬勃勃。慨自执政退隐,"孤桐先生""下野"之后,——呜呼,公理亦从而零落矣。那里去了呢?枪炮战胜了投壶[4],阿!

有了,在南边了。于是乎南下,南下,南下……

于是乎"正人君子"们又和久违的"公理"相见了。

《现代评论》的一千元津贴事件,我一向没有插过嘴,而"主将"也将我拉在里面,乱骂一通,[5]——大约以为我是"首领"之故罢。横竖说也被骂,不说也被骂,我就回敬一杯,问问你们所自称为"现代派"者,今年可曾幡然变计,另外运动,收受了新的战胜者的津贴没有?

还有一问,是:"公理"几块钱一斤?

* * *

〔1〕 本篇最初发表于1927年10月22日《语丝》周刊第一五四期。

〔2〕 "公理战胜" 1918年第一次世界大战结束之后,以英法为首的协约国宣扬他们打败德奥等同盟国是"公理战胜强权",战胜国都立碑纪念。中国北洋政府曾于1917年8月参加协约国一方,也在北京中央公园(即今中山公园)建立了"公理战胜"的牌坊(1953年已将"公理战胜"四字改为"保卫和平")。

〔3〕 段执政 指段祺瑞(1865—1936),字芝泉,安徽合肥人,北洋军阀皖系首领。曾随袁世凯创建北洋军,历任北洋政府陆军总长、国务总理。1924年任北洋政府"临时执政",同年4月被冯玉祥的国民军驱逐下台。下文的"开枪打败了请愿的学生",指1926年段祺瑞下令卫兵屠杀爱国学生的三一八惨案。

〔4〕 枪炮战胜了投壶 指北伐时的国民革命军战胜了军阀孙传芳。投壶,古代宴会时的一种娱乐。宾主依次投矢壶中,负者饮酒。《礼记·投壶》孔颖达注引郑玄的话,以为投壶是"主人与客燕饮讲论才

艺之礼。"孙传芳盘踞东南五省时,曾于 1926 年 8 月 6 日在南京举行过这种古礼。

〔5〕 《现代评论》开办时曾通过章士钊接受段祺瑞的一千元津贴。《猛进》、《语丝》曾揭露过这件事。陈西滢在《现代评论》第三卷第六十五期(1926 年 3 月 6 日)的《闲话》中强作辩解,并影射攻击鲁迅。

可　恶　罪[1]

这是一种新的"世故"。

我以为法律上的许多罪名,都是花言巧语,只消以一语包括之,曰:可恶罪。

譬如,有人觉得一个人可恶,要给他吃点苦罢,就有这样的法子。倘在广州而又是"清党"之前,则可以暗暗地宣传他是无政府主义者。那么,共产青年自然会说他"反革命",有罪。若在"清党"之后呢,要说他是 CP 或 CY,没有证据,则可以指为"亲共派"。那么,清党委员会[2]自然会说他"反革命",有罪。再不得已,则只好寻些别的事由,诉诸法律了。但这比较地麻烦。

我先前总以为人是有罪,所以枪毙或坐监的。现在才知道其中的许多,是先因为被人认为"可恶",这才终于犯了罪。

许多罪人,应该称为"可恶的人"。

　　　　　　　　　　　　　　　　　九,十四。

*　　　*　　　*

〔1〕　本篇最初发表于 1927 年 10 月 22 日《语丝》周刊第一五四期。

〔2〕　清党委员会　蒋介石国民党为镇压共产党人和国民党内拥

护孙中山三大政策的左派分子而设立的机构。1927年5月5日,国民党中央执行委员会常务委员会及各部长联席会议决定,指派邓泽如等七人组织中央清党委员会。5月17日,该会在南京正式成立,各省也先后组成它的下属机构。

"意表之外"[1]

有恒先生在《北新周刊》上诧异我为什么不说话,我已经去信公开答复了。还有一层没有说。这也是一种新的"世故"。

我的杂感常不免于骂。但今年发见了,我的骂对于被骂者是大抵有利的。

拿来做广告,显而易见,不消说了。还有:

1,天下以我为可恶者多,所以有一个被我所骂的人要去运动一个以我为可恶的人,只要摊出我的杂感来,便可以做他们的"兰谱"[2],"相视而笑,莫逆于心"[3]了。"咱们一伙儿"。

2,假如有一个人在办一件事,自然是不会好的。但我一开口,他却可以归罪于我了。譬如办学校罢,教员请不到,便说:这是鲁迅说了坏话的缘故;学生闹一点小乱子罢,又是鲁迅说了坏话的缘故。他倒干干净净。

我又不学耶稣[4],何苦替别人来背十字架呢?

但"江山好改,本性难移",也许后来还要开开口。可是定了"新法"了,除原先说过的"主将"之类以外,新的都不再说出他的真姓名,只叫"一个人","某学者","某教授","某君"。这一来,他利用的时候便至少总得费点力,先须加说明。

你以为"骂"决非好东西罢,于有些人还是有利的。人类究竟是可怕的东西。就是能够咬死人的毒蛇,商人们也会将它浸在酒里,什么"三蛇酒","五蛇酒",去卖钱。

这种办法实在比"交战"厉害得多,能使我不敢写杂感。但再来一回罢,写"不敢写杂感"的杂感。

* * *

〔1〕 本篇最初发表于1927年10月22日《语丝》周刊第一五四期。

"意表之外",是引用复古派文人林纾文章中不通的用语。

〔2〕 "兰谱" 旧时朋友相契,结为兄弟,互换谱帖以为凭证,称为金兰谱,省称兰谱,取《周易·系辞》"二人同心,其利断金;同心之言,其臭如兰"的意思。

〔3〕 "相视而笑"二句,见《庄子·大宗师》:子祀、子舆等四人"相视而笑,莫逆于心,遂相与为友。"彼此同心,毫无拂逆的意思。

〔4〕 耶稣(约前4—30) 基督教创始人。据《新约全书》说,他在犹太各地传教,为犹太教当权者所仇视,后被捕送交罗马帝国驻犹太总督彼拉多,钉死在十字架上。

新时代的放债法[1]

还有一种新的"世故"[2]。

先前,我总以为做债主的人是一定要有钱的,近来才知道无须。在"新时代"里,有一种精神的资本家。

你倘说中国像沙漠罢,这资本家便乘机而至了,自称是喷泉。你说社会冷酷罢,他便自说是热;你说周围黑暗罢,他便自说是太阳。

阿!世界上冠冕堂皇的招牌,都被拿去了。岂但拿去而已哉。他还润泽,温暖,照临了你。因为他是喷泉,热,太阳呵!

这是一宗恩典。

不但此也哩。你如有一点产业,那是他赏赐你的。为什么呢?因为倘若他一提倡共产,你的产业便要充公了,但他没有提倡,所以你能有现在的产业。那自然是他赏赐你的。

你如有一个爱人,也是他赏赐你的。为什么呢?因为他是天才而且革命家,许多女性都渴仰到五体投地。他只要说一声"来!"便都飞奔过去了,你的当然也在内。但他不说"来!"所以你得有现在的爱人。那自然也是他赏赐你的。

这又是一宗恩典。

还不但此也哩!他到你那里来的时候,还每回带来一担同情！一百回就是一百担——你如果不知道，那就因为你没有精神的眼睛——经过一年，利上加利，就是二三百担……

阿阿！这又是一宗大恩典。

于是乎是算账了。不得了，这么雄厚的资本，还不够买一个灵魂么？但革命家是客气的，无非要你报答一点，供其使用——其实也不算使用，不过是"帮忙"而已。

倘不如命地"帮忙"，当然，罪大恶极了。先将忘恩负义之罪，布告于天下。而且不但此也，还有许多罪恶，写在账簿上哩，一旦发布，你便要"身败名裂"了。想不"身败名裂"么，只有一条路，就是赶快来"帮忙"以赎罪。

然而我不幸竟看见了"新时代的新青年"的身边藏着这许多账簿，而他们自己对于"身败名裂"又怀着这样天大的恐慌。

于是乎又得新"世故"：关上门，塞好酒瓶，捏紧皮夹。这倒于我很保存了一些润泽，光和热——我是只看见物质的。

九，十四。

* * *

〔1〕 本篇最初发表于1927年10月22日《语丝》周刊第一五四期，原题《"新时代"的避债法》。

〔2〕 "世故"及下文若干词句，都是引用高长虹的话。高长虹，参看本书第49页注〔8〕。他在1924年12月认识鲁迅后，曾得到鲁迅很多指导和帮助。1926年下半年起，他却对鲁迅进行恣意的诬蔑和攻击。他在《狂飙》周刊第五期（1926年11月）发表的《1925北京出版界形势

指掌图》中,曾嘲骂鲁迅为"世故老人"。在第六期(1926年11月)《给——》一诗中自比太阳:"如其我是太阳时,我将嫉妒那夜里的星星。"在第九期(1926年12月)《介绍中华第一诗人》内则说:"在恋爱上我虽然像嫉妒过人,然而其实是我倒让步过人。"第十期(1926年12月)《时代的命运》中又有"我对于鲁迅先生曾献过最大的让步,不只是思想上,而且是生活上"等语。在同篇中又说他和鲁迅"曾经过一个思想上的战斗时期",他所用的"战略"是"同情"。在《指掌图》一文中,又自称与鲁迅"会面不只百次"。第十四期(1927年1月)《我走出了化石的世界》中又咒骂:"鲁迅不特身心交病,且将身败名裂矣!"等等。所以本文中有"太阳"、"爱人"、"同情"、"来一百回"等语。此外,"帮忙"、"新时代的新青年"等,都是高长虹文中常用的词语。

魏晋风度及文章与药及酒之关系[1]

——九月间在广州夏期学术演讲会[2]讲

我今天所讲的,就是黑板上写着的这样一个题目。

中国文学史,研究起来,可真不容易,研究古的,恨材料太少,研究今的,材料又太多,所以到现在,中国较完全的文学史尚未出现。今天讲的题目是文学史上的一部分,也是材料太少,研究起来很有困难的地方。因为我们想研究某一时代的文学,至少要知道作者的环境,经历和著作。

汉末魏初这个时代是很重要的时代,在文学方面起一个重大的变化,因当时正在黄巾[3]和董卓[4]大乱之后,而且又是党锢[5]的纠纷之后,这时曹操[6]出来了。——不过我们讲到曹操,很容易就联想起《三国志演义》[7],更而想起戏台上那一位花面的奸臣,但这不是观察曹操的真正方法。现在我们再看历史,在历史上的记载和论断有时也是极靠不住的,不能相信的地方很多,因为通常我们晓得,某朝的年代长一点,其中必定好人多;某朝的年代短一点,其中差不多没有好人。为什么呢?因为年代长了,做史的是本朝人,当然恭维本朝的人物,年代短了,做史的是别朝人,便很自由地贬斥其异朝的人物,所以在秦朝,差不多在史的记载上半个好人也没有。曹操在史上年代也是颇短的,自然也逃不了被后一朝人说坏话的公例。其实,曹操是一个很有本事的人,至少是一个英雄,我虽不是曹操一党,但无论如何,总是非常佩服他。

研究那时的文学,现在较为容易了,因为已经有人做过工作:在文集一方面有清严可均辑的《全上古三代秦汉三国晋南北朝文》[8]。其中于此有用的,是《全汉文》,《全三国文》,《全晋文》。

在诗一方面有丁福保辑的《全汉三国晋南北朝诗》[9]。——丁福保是做医生的,现在还在。

辑录关于这时代的文学评论有刘师培编的《中国中古文学史》[10]。这本书是北大的讲义,刘先生已死,此书由北大出版。

上面三种书对于我们的研究有很大的帮助。能使我们看出这时代的文学的确有点异彩。

我今天所讲,倘若刘先生的书里已详的,我就略一点;反之,刘先生所略的,我就较详一点。

董卓之后,曹操专权。在他的统治之下,第一个特色便是尚刑名。他的立法是很严的,因为当大乱之后,大家都想做皇帝,大家都想叛乱,故曹操不能不如此。曹操曾自己说过:"倘无我,不知有多少人称王称帝!"[11]这句话他倒并没有说谎。因此之故,影响到文章方面,成了清峻的风格。——就是文章要简约严明的意思。

此外还有一个特点,就是尚通脱。他为什么要尚通脱呢?自然也与当时的风气有莫大的关系。因为在党锢之祸以前,凡党中人都自命清流,不过讲"清"讲得太过,便成固执,所以在汉末,清流的举动有时便非常可笑了。

比方有一个有名的人,普通的人去拜访他,先要说几句话,倘这几句话说得不对,往往会遭倨傲的待遇,叫他坐到屋外去,甚而至于拒绝不见。

又如有一个人,他和他的姊夫是不对的,有一回他到姊姊那里去吃饭之后,便要将饭钱算回给姊姊。她不肯要,他就于出门之后,把那些钱扔在街上,算是付过了。[12]

个人这样闹闹脾气还不要紧,若治国平天下也这样闹起执拗的脾气来,那还成甚么话?所以深知此弊的曹操要起来反对这种习气,力倡通脱。通脱即随便之意。此种提倡影响到文坛,便产生多量想说甚么便说甚么的文章。

更因思想通脱之后,废除固执,遂能充分容纳异端和外来的思想,故孔教以外的思想源源引入。

总括起来,我们可以说汉末魏初的文章是清峻,通脱。在曹操本身,也是一个改造文章的祖师,可惜他的文章传的很少。他胆子很大,文章从通脱得力不少,做文章时又没有顾忌,想写的便写出来。

所以曹操征求人才时也是这样说,不忠不孝不要紧,只要有才便可以。[13]这又是别人所不敢说的。曹操做诗,竟说是"郑康成行酒伏地气绝"[14],他引出离当时不久的事实,这也是别人所不敢用的。还有一样,比方人死时,常常写点遗令,这是名人的一件极时髦的事。当时的遗令本有一定的格式,且多言身后当葬于何处何处,或葬于某某名人的墓旁;操独不然,他的遗令不但没有依着格式,内容竟讲到遗下的衣服和伎女怎样处置等问题[15]。

陆机虽然评曰"贻尘谤于后王"[16],然而我想他无论如何是一个精明人,他自己能做文章,又有手段,把天下的方士文士统统搜罗起来,省得他们跑在外面给他捣乱。所以他帷幄里面,方士文士就特别地多。

孝文帝曹丕[17],以长子而承父业,篡汉而即帝位。他也是喜欢文章的。其弟曹植[18],还有明帝曹叡[19],都是喜欢文章的。不过到那个时候,于通脱之外,更加上华丽。丕著有《典论》,现已失散无全本,那里面说:"诗赋欲丽","文以气为主"。《典论》的零零碎碎,在唐宋类书中;一篇整的《论文》,在《文选》[20]中可以看见。

后来有一般人很不以他的见解为然。他说诗赋不必寓教训,反对当时那些寓训勉于诗赋的见解,用近代的文学眼光看来,曹丕的一个时代可说是"文学的自觉时代",或如近代所说是为艺术而艺术[21](Art for Art's Sake)的一派。所以曹丕做的诗赋很好,更因他以"气"为主,故于华丽以外,加上壮大。归纳起来,汉末,魏初的文章,可说是:"清峻,通脱,华丽,壮大。"在文学的意见上,曹丕和曹植表面上似乎是不同的。曹丕说文章事可以留名声于千载[22];但子建却说文章小道[23],不足论的。据我的意见,子建大概是违心之论。这里有两个原因,第一,子建的文章做得好,一个人大概总是不满意自己所做而羡慕他人所为的,他的文章已经做得好,于是他便敢说文章是小道;第二,子建活动的目标在于政治方面,政治方面不甚得志[24],遂说文章是无用了。

曹操曹丕以外，还有下面的七个人：孔融，陈琳，王粲，徐幹，阮瑀，应场，刘桢，都很能做文章，后来称为"建安七子"[25]。七人的文章很少流传，现在我们很难判断；但，大概都不外是"慷慨"，"华丽"罢。华丽即曹丕所主张，慷慨就因当天下大乱之际，亲戚朋友死于乱者特多，于是为文就不免带着悲凉，激昂和"慷慨"了。

七子之中，特别的是孔融，他专喜和曹操捣乱。曹丕《典论》里有论孔融的，因此他也被拉进"建安七子"一块儿去。其实不对，很两样的。不过在当时，他的名声可非常之大。孔融作文，喜用讥嘲的笔调，曹丕很不满意他。孔融的文章现在传的也很少，就他所有的看起来，我们可以瞧出他并不大对别人讥讽，只对曹操。比方操破袁氏兄弟，曹丕把袁熙的妻甄氏拿来，归了自己，孔融就写信给曹操，说当初武王伐纣，将妲己给了周公了。操问他的出典，他说，以今例古，大概那时也是这样的。又比方曹操要禁酒，说酒可以亡国，非禁不可，孔融又反对他，说也有以女人亡国的，何以不禁婚姻？[26]

其实曹操也是喝酒的。我们看他的"何以解忧？惟有杜康"[27]的诗句，就可以知道。为什么他的行为会和议论矛盾呢？此无他，因曹操是个办事人，所以不得不这样做；孔融是旁观的人，所以容易说些自由话。曹操见他屡屡反对自己，后来借故把他杀了。[28]他杀孔融的罪状大概是不孝。因为孔融有下列的两个主张：

第一，孔融主张母亲和儿子的关系是如瓶之盛物一样，只要在瓶内把东西倒了出来，母亲和儿子的关系便算完了。第二，假使有天下饥荒的一个时候，有点食物，给父亲不给呢？孔融的答案是：倘若父亲是不好的，宁可给别人。——曹操想杀他，便不惜以这种主张为他不忠不孝的根据，把他杀了。倘若曹操在世，我们可以问他，当初求才时就说不忠不孝也不要紧，为何又以不孝之名杀人呢？然而事实上纵使曹操再生，也没人敢问他，我们倘若去问他，恐怕他把我们也杀了！

与孔融一同反对曹操的尚有一个祢衡[29]，后来给黄祖杀掉的。祢衡的文章也不错，而且他和孔融早是"以气为主"来写文章的了。故在此我们又可知道，汉文慢慢壮大起来，是时代使然，非专靠曹操父子之功的。但华丽好看，却是曹丕提倡的功劳。

这样下去一直到明帝的时候，文章上起了个重大的变化，因为出了一个何晏[30]。

何晏的名声很大，位置也很高，他喜欢研究《老子》和《易经》[31]。至于他是怎样的一个人呢？那真相现在可很难知道，很难调查。因为他是曹氏一派的人，司马氏很讨厌他，所以他们的记载对何晏大不满。因此产生许多传说，有人说何晏的脸上是搽粉的，又有人说他本来生得白，不是搽粉的。[32]但究竟何晏搽粉不搽粉呢？我也不知道。

但何晏有两件事我们是知道的。第一，他喜欢空谈，是空谈的祖师；第二，他喜欢吃药，是吃药的祖师。[33]

此外，他也喜欢谈名理。他身子不好，因此不能不服药。他吃的不是寻常的药，是一种名叫"五石散"的药。

"五石散"是一种毒药，是何晏吃开头的。汉时，大家还不敢吃，何晏或者将药方略加改变，便吃开头了。五石散的基本，大概是五样药：石钟乳，石硫黄，白石英，紫石英，赤石脂；另外怕还配点别样的药。但现在也不必细细研究它，我想各位都是不想吃它的。

从书上看起来，这种药是很好的，人吃了能转弱为强。因此之故，何晏有钱，他吃起来了；大家也跟着吃。那时五石散的流毒就同清末的鸦片的流毒差不多，看吃药与否以分阔气与否的。现在由隋巢元方做的《诸病源候论》[34]的里面可以看到一些。据此书，可知吃这药是非常麻烦的，穷人不能吃，假使吃了之后，一不小心，就会毒死。先吃下去的时候，倒不怎样的，后来药的效验既显，名曰"散发"。倘若没有"散发"，就有弊而无利。因此吃了之后不能休息，非走路不可，因走路才能"散发"，所以走路名曰"行散"。比方我们看六朝人的诗，有云："至城东行散"，就是此意。后来做诗的人不知其故，以为"行散"即步行之意，所以不服药也以"行散"二字入诗，这是很笑话的。

走了之后，全身发烧，发烧之后又发冷。普通发冷宜多穿衣，吃热的东西。但吃药后的发冷刚刚要相反：衣少，冷食，以冷水浇身。倘穿衣多而食热物，那就非死不可。因此五石散一名寒食散。只有一样不必冷吃的，就是酒。

吃了散之后，衣服要脱掉，用冷水浇身；吃冷东西；饮热酒。这样看起来，五石散吃的人多，穿厚衣的人就少；比方在广东提倡，一年以后，穿西装的人就没有了。因为皮肉发烧之故，不能穿窄衣。为豫防皮肤被衣服擦伤，就非穿宽大的衣服不可。现在有许多人以为晋人轻裘缓带，宽衣，在当时是人们高逸的表现，其实不知他们是吃药的缘故。一班名人都吃药，穿的衣都宽大，于是不吃药的也跟着名人，把衣服宽大起来了！

还有，吃药之后，因皮肤易于磨破，穿鞋也不方便，故不穿鞋袜而穿屐。所以我们看晋人的画像或那时的文章，见他衣服宽大，不鞋而屐，以为他一定是很舒服，很飘逸的了，其实他心里都是很苦的。

更因皮肤易破，不能穿新的而宜于穿旧的，衣服便不能常洗。因不洗，便多虱。所以在文章上，虱子的地位很高，"扪虱而谈"[35]，当时竟传为美事。比方我今天在这里演讲的时候，扪起虱来，那是不大好的。但在那时不要紧，因为习惯不同之故。这正如清朝是提倡抽大烟的，我们看见两肩高耸的人，不觉得奇怪。现在就不行了，倘若多数学生，他的肩成为一字样，我们就觉得很奇怪了。

此外可见服散的情形及其他种种的书，还有葛洪的《抱朴子》[36]。

到东晋以后，作假的人就很多，在街旁睡倒，说是"散发"以示阔气。[37]就像清时尊读书，就有人以墨涂唇，表示他是刚才写了许多字的样子。故我想，衣大，穿屐，散发等等，后来效之，不吃也学起来，与理论的提倡实在是无关的。

又因"散发"之时，不能肚饿，所以吃冷物，而且要赶快吃，不论时候，一日数次也不可定。因此影响到晋时"居丧无礼"。——本来魏晋时，对于父母之礼是很繁多的。比方想去访一个人,那么,在未访之前,必先打听他父母及其祖父母的名字,以便避讳。否则,嘴上一说出这个字音,假如他的父母是死了的,主人便会大哭起来[38]——他记得父母了——给你一个大大的没趣。晋礼居丧之时,也要瘦,不多吃饭,不准喝酒。但在吃药之后,为生命计,不能管得许多,只好大嚼,所以就变成"居丧无礼"了。

居丧之际,饮酒食肉,由阔人名流倡之,万民皆从之,因为这个缘故,社会上遂尊称这样的人叫作名士派。

吃散发源于何晏,和他同志的,有王弼和夏侯玄[39]两个人,与晏同为服药的祖师。有他三人提倡,有多人跟着走。他们三人多是会做文章,除了夏侯玄的作品流传不多外,王何二人现在我们尚能看到他们的文章。他们都是生于正始的,所以又名曰"正始名士"[40]。但这种习惯的末流,是只会吃药,或竟假装吃药,而不会做文章。

东晋以后,不做文章而流为清谈,由《世说新语》[41]一书里可以看到。此中空论多而文章少,比较他们三个差得远了。三人中王弼二十余岁便死了,夏侯何二人皆为司马懿[42]所杀。因为他二人同曹操有关系,非死不可,犹曹操之杀孔融,也是借不孝做罪名的。

二人死后,论者多因其与魏有关而骂他,其实何晏值得骂的就是因为他是吃药的发起人。这种服散的风气,魏,晋,直到隋,唐,还存在着,因为唐时还有"解散方"[43],即解五石散的药方,可以证明还有人吃,不过少点罢了。唐以后就没有人吃,其原因尚未详,大概因其弊多利少,和鸦片一样罢?

晋名人皇甫谧[44]作一书曰《高士传》,我们以为他很高超。但他是服散的,曾有一篇文章,自说吃散之苦。因为药性一发,稍不留心,即会丧命,至少也会受非常的苦痛,或要发狂;本来聪明的人,因此也会变成痴呆。所以非深知药性,会解救,而且家里的人多深知药性不可。晋朝人多是脾气很坏,高傲,发狂,性暴如火的,大约便是服药的缘故。比方有苍蝇扰他,竟至拔剑追赶;[45]就是说话,也要胡胡涂涂地才好,有时简直是近于发疯。但在晋朝更有以痴为好的,这大概也是服药的缘故。

魏末,何晏他们以外,又有一个团体新起,叫做"竹林名士",也是七个,所以又称"竹林七贤"[46]。正始名士服药,竹林名士饮酒。竹林的代表是嵇康[47]和阮籍[48]。但究竟竹林名士不纯粹是喝酒的,嵇康也兼服药,而阮籍则是专喝酒的代表。但嵇康也饮酒,刘伶[49]也是这里面的一个。他们七人中差不多都是反抗旧礼教的。

这七人中,脾气各有不同。嵇阮二人的脾气都很大;阮籍老年时改得很好,嵇康就始终都是极坏的。

阮年青时,对于访他的人有加以青眼和白眼的分别[50]。白眼大概是全然看不见眸子的,恐怕要练习很久才能够。青眼我会装,白眼我却装不好。

后来阮籍竟做到"口不臧否人物"[51]的地步,嵇康却全不改变。结果阮得终其天年,而嵇竟丧于司马氏之手,与孔融何晏等一样,遭了不幸的杀害。这大概是因为吃药和吃酒之分的缘故:吃药可以成仙,仙是可以骄视俗人的;饮酒不会成仙,所以敷衍了事。

　　他们的态度,大抵是饮酒时衣服不穿,帽也不带。若在平时,有这种状态,我们就说无礼,但他们就不同。居丧时不一定按例哭泣;子之于父,是不能提父的名,但在竹林名士一流人中,子都会叫父的名号[52]。旧传下来的礼教,竹林名士是不承认的。即如刘伶——他曾做过一篇《酒德颂》,谁都知道——他是不承认世界上从前规定的道理的,曾经有这样的事,有一次有客见他,他不穿衣服。人责问他;他答人说,天地是我的房屋,房屋就是我的衣服,你们为什么进我的裤子中来?[53]至于阮籍,就更甚了,他连上下古今也不承认,在《大人先生传》[54]里有说:"天地解兮六合开,星辰陨兮日月颓,我腾而上将何怀?"他的意思是天地神仙,都是无意义,一切都不要,所以他觉得世上的道理不必争,神仙也不足信,既然一切都是虚无,所以他便沉湎于酒了。然而他还有一个原因,就是他的饮酒不独由于他的思想,大半倒在环境。其时司马氏已想篡位,而阮籍名声很大,所以他讲话就极难,只好多饮酒,少讲话,而且即使讲话讲错了,也可以借醉得到人的原谅。只要看有一次司马懿求和阮籍结亲,而阮籍一醉就是两个月,没有提出的机会,[55]就可以知道了。

　　阮籍作文章和诗都很好,他的诗文虽然也慷慨激昂,但许多意思都是隐而不显的。宋的颜延之[56]已经说不大能懂,我们现在自然更很难看得懂他的诗了。他诗里也说神仙,但他其实是不相信的。嵇康的论文,比阮籍更好,思想新颖,往往与古时旧说反对。孔子说:"学而时习之,不亦说乎?"[57]

嵇康做的《难自然好学论》[58]，却道，人是并不好学的，假如一个人可以不做事而又有饭吃，就随便闲游不喜欢读书了，所以现在人之好学，是由于习惯和不得已。还有管叔蔡叔[59]，是疑心周公，率殷民叛，因而被诛，一向公认为坏人的。而嵇康做的《管蔡论》，就也反对历代传下来的意思，说这两个人是忠臣，他们的怀疑周公，是因为地方相距太远，消息不灵通。

但最引起许多人的注意，而且于生命有危险的，是《与山巨源绝交书》中的"非汤武而薄周孔"。司马懿因这篇文章，就将嵇康杀了[60]。非薄了汤武周孔，在现时代是不要紧的，但在当时却关系非小。汤武是以武定天下的；周公是辅成王的；孔子是祖述尧舜，而尧舜是禅让天下的。嵇康都说不好，那么，教司马懿篡位的时候，怎么办才是好呢？没有办法。在这一点上，嵇康于司马氏的办事上有了直接的影响，因此就非死不可了。嵇康的见杀，是因为他的朋友吕安不孝，连及嵇康，罪案和曹操的杀孔融差不多。魏晋，是以孝治天下的，不孝，故不能不杀。为什么要以孝治天下呢？因为天位从禅让，即巧取豪夺而来，若主张以忠治天下，他们的立脚点便不稳，办事便棘手，立论也难了，所以一定要以孝治天下。但倘只是实行不孝，其实那时倒不很要紧的，嵇康的害处是在发议论；阮籍不同，不大说关于伦理上的话，所以结局也不同。

但魏晋也不全是这样的情形，宽袍大袖，大家饮酒。反对的也很多。在文章上我们还可以看见裴𬱟的《崇有论》[61]，孙盛的《老子非大贤论》[62]，这些都是反对王何们的。在史实上，则何曾劝司马懿杀阮籍有好几回[63]，司马懿不听他的话，这是因为阮籍的饮酒，与时局的关系少些的缘故。

然而后人就将嵇康阮籍骂起来，人云亦云，一直到现在，一千六百多年。季札说："中国之君子，明于礼义而陋于知人心。"[64]这是确的，大凡明于礼义，就一定要陋于知人心的，所以古代有许多人受了很大的冤枉。例如嵇阮的罪名，一向说他们毁坏礼教。但据我个人的意见，这判断是错的。魏晋时代，崇奉礼教的看来似乎很不错，而实在是毁坏礼教，不信礼教的。表面上毁坏礼教者，实则倒是承认礼教，太相信礼教。因为魏晋时所谓崇奉礼教，是用以自利，那崇奉也不过偶然崇奉，如曹操杀孔融，司马懿杀嵇康，都是因为他们和不孝有关，但实在曹操司马懿何尝是著名的孝子，不过将这个名义，加罪于反对自己的人罢了。于是老实人以为如此利用，亵黩了礼教，不平之极，无计可施，激而变成不谈礼教，不信礼教，甚至于反对礼教。——但其实不过是态度，至于他们的本心，恐怕倒是相信礼教，当作宝贝，比曹操司马懿们要迂执得多。现在说一个容易明白的比喻罢，譬如有一个军阀，在北方——在广东的人所谓北方和我常说的北方的界限有些不同，我常称山东山西直隶河南之类为北方——那军阀从前是压迫民党的，后来北伐军势力一大，他便挂起了青天白日旗，说自己已经信仰三民主义了，是总理的信徒。这样还不够，他还要做总理的纪念周。这时候，真的三民主义的信徒，去呢，不去呢？不去，他那里就可以说你反对三民主义，定罪，杀人。但既然在他的势力之下，没有别法，真的总理的信徒，倒会不谈三民主义，或者听人假惺惺的谈起来就皱眉，好像反对三民主义模样。所以我想,魏晋时所谓反对礼教的人,有许多大约也如此。他们倒是迂夫子,将礼教当作宝贝看待的。

还有一个实证,凡人们的言论,思想,行为,倘若自己以为不错的,就愿意天下的别人,自己的朋友都这样做。但嵇康阮籍不这样,不愿意别人来模仿他。竹林七贤中有阮咸,是阮籍的侄子,一样的饮酒。阮籍的儿子阮浑也愿加入时,阮籍却道不必加入,吾家已有阿咸在,够了。[65]假若阮籍自以为行为是对的,就不当拒绝他的儿子,而阮籍却拒绝自己的儿子,可知阮籍并不以他自己的办法为然。至于嵇康,一看他的《绝交书》,就知道他的态度很骄傲的;有一次,他在家打铁——他的性情是很喜欢打铁的——钟会来看他了,他只打铁,不理钟会。[66]钟会没有意味,只得走了。其时嵇康就问他:"何所闻而来,何所见而去?"钟会答道:"闻所闻而来,见所见而去。"这也是嵇康杀身的一条祸根。但我看他做给他的儿子看的《家诫》[67]——当嵇康被杀时,其子方十岁,算来当他做这篇文章的时候,他的儿子是未满十岁的——就觉得宛然是两个人。他在《家诫》中教他的儿子做人要小心,还有一条一条的教训。有一条是说长官处不可常去,亦不可住宿;官长送人们出来时,你不要在后面,因为恐怕将来官长惩办坏人时,你有暗中密告的嫌疑。又有一条是说宴饮时候有人争论,你可立刻走开,免得在旁批评,因为两者之间必有对与不对,不批评则不像样,一批评就总要是甲非乙,不免受一方见怪。还有人要你饮酒,即使不愿饮也不要坚决地推辞,必须和和气气的拿着杯子。我们就此看来,实在觉得很希奇:嵇康是那样高傲的人,而他教子就要他这样庸碌。因此我们知道,嵇康自己对于他自己的举动也是不满足的。所以批评一个人的言行实在难,社会上对于儿子不像父亲,称为"不肖",以为是坏事,殊不知世上正有不愿意他的儿子像自己的父亲哩。试看阮籍嵇康,就是如此。这是,因为他们生于乱世,不得已,才有这样的行为,并非他们的本态。但又于此可见魏晋的破坏礼教者,实在是相信礼教到固执之极的。

不过何晏王弼阮籍嵇康之流,因为他们的名位大,一般的人们就学起来,而所学的无非是表面,他们实在的内心,却不知道。因为只学他们的皮毛,于是社会上便很多了没意思的空谈和饮酒。许多人只会无端的空谈和饮酒,无力办事,也就影响到政治上,弄得玩"空城计",毫无实际了。在文学上也这样,嵇康阮籍的纵酒,是也能做文章的,后来到东晋,空谈和饮酒的遗风还在,而万言的大文如嵇阮之作,却没有了。刘勰[68]说:"嵇康师心以遣论,阮籍使气以命诗。"这"师心"和"使气",便是魏末晋初的文章的特色。正始名士和竹林名士的精神灭后,敢于师心使气的作家也没有了。

到东晋,风气变了。社会思想平静得多,各处都夹入了佛教的思想。再至晋末,乱也看惯了,篡也看惯了,文章便更和平。代表平和的文章的人有陶潜[69]。他的态度是随便饮酒,乞食,高兴的时候就谈论和作文章,无尤无怨。所以现在有人称他为"田园诗人",是个非常和平的田园诗人。他的态度是不容易学的,他非常之穷,而心里很平静。家常无米,就去向人家门口求乞。他穷到有客来见,连鞋也没有,那客人给他从家丁取鞋给他,他便伸了足穿上了。虽然如此,他却毫不为意,还是"采菊东篱下,悠然见南山"。这样的自然状态,实在不易模仿。他穷到衣服也破烂不堪,而还在东篱下采菊,偶然抬起头来,悠然的见了南山,这是何等自然。现在有钱的人住在租界里,雇花匠种数十盆菊花,便做诗,叫作"秋日赏菊效陶彭泽体",自以为合于渊明的高致,我觉得不大像。

陶潜之在晋末,是和孔融于汉末与嵇康于魏末略同,又是将近易代的时候。但他没有什么慷慨激昂的表示,于是便博得"田园诗人"的名称。但《陶集》里有《述酒》一篇,是说当时政治的。[70]这样看来,可见他于世事也并没有遗忘和冷淡,不过他的态度比嵇康阮籍自然得多,不至于招人注意罢了。还有一个原因,先已说过,是习惯。因为当时饮酒的风气相沿下来,人见了也不觉得奇怪,而且汉魏晋相沿,时代不远,变迁极多,既经见惯,就没有大感触,陶潜之比孔融嵇康和平,是当然的。例如看北朝的墓志,官位升进,往往详细写着,再仔细一看,他是已经经历过两三个朝代了,但当时似乎并不为奇。

据我的意思,即使是从前的人,那诗文完全超于政治的所谓"田园诗人","山林诗人",是没有的。完全超出于人间世的,也是没有的。既然是超出于世,则当然连诗文也没有。诗文也是人事,既有诗,就可以知道于世事未能忘情。譬如墨子兼爱,杨子为我。[71]墨子当然要著书;杨子就一定不著,这才是"为我"。因为若做出书来给别人看,便变成"为人"了。

由此可知陶潜总不能超于尘世,而且,于朝政还是留心,也不能忘掉"死",这是他诗文中时时提起的[72]。用别一种看法研究起来,恐怕也会成一个和旧说不同的人物罢。

自汉末至晋末文章的一部分的变化与药及酒之关系,据我所知的大概是这样。但我学识太少,没有详细的研究,在这样的热天和雨天费去了诸位这许多时光,是很抱歉的。现在这个题目总算是讲完了。

* * *

〔1〕 本篇记录稿最初发表于1927年8月11、12、13、15、16、17日广州《民国日报》副刊《现代青年》第一七三至一七八期;改定稿发表于1927年11月16日《北新》半月刊第二卷第二号。

〔2〕 广州夏期学术演讲会 国民党政府广州市教育局主办,1927年7月18日在广州市立师范学校礼堂举行开幕式。当时的广州市长林云陔、教育局长刘懋初等均在会上作反共演说。他们打着"学术"的旗号,也"邀请"学者演讲。作者这篇演讲是在7月23日、26日的会上所作的(题下注"九月间"有误)。作者后来说过:"在广州之谈魏晋事,盖实有慨而言。"(1928年12月30日致陈濬信)他在这次关于中国古典文学的演讲里,曲折地对国民党当局进行了揭露和讽刺。

〔3〕 黄巾 指东汉末年巨鹿人张角领导的农民起义军。汉灵帝中平元年(184)起义,参加的人都以黄巾缠头为标志,称为"黄巾军"。他们提出"苍天已死,黄天当立"的口号,攻占城邑,焚烧官府,旬日之间,全国响应,给东汉政权以沉重的打击。后来在官军和地主武装的镇压下失败。

〔4〕 董卓(?—192) 字仲颖,陇西临洮(今甘肃岷县)人。东汉末灵帝时为并州牧,灵帝死后,外戚首领大将军何进为了对抗宦官,

召他率兵入朝相助,他到洛阳后,即废少帝(刘辩),立献帝(刘协),自任丞相,专断朝政。献帝初平元年(190),山东河北等地军阀袁绍、韩馥等为了和董卓争权,联合起兵讨卓,他便劫持献帝迁都长安,自为太师。后为王允、吕布所杀。他在离洛阳时,焚烧宫殿府库民房,二百里内尽成墟土;又驱数百万人口入关,积尸盈途。在他被杀以后,他的部将李傕、郭汜等又攻破长安,焚掠屠杀,人民受害甚烈。

〔5〕 党锢　东汉末年,宦官擅权,政治黑暗,民生痛苦。一部分比较正直的官员与太学生互通声气,议论朝政,揭露宦官集团的罪恶。汉桓帝延熹九年(166),宦官诬告司隶校尉李膺、太仆杜密和太学生领袖郭泰、贾彪等人结党为乱,桓帝便捕李膺、范滂等下狱,株连二百余人。以后又于灵帝建宁二年(169),熹平元年(172),熹平五年(176)三次捕杀党人,更诏各州郡凡党人的门生、故吏、父子、兄弟有做官的,都免官禁锢。直到灵帝中平元年(184)黄巾起义,才下诏将他们赦免。这件事,史称"党锢之祸"。

〔6〕 曹操(155—220)　字孟德,沛国谯(今安徽亳县)人。二十岁举孝廉,汉献帝时官至丞相,封魏王。曹丕篡汉后追尊为武帝。他是政治家、军事家,又是诗人。他和其子曹丕、曹植,都喜欢延揽文士,奖励文学,为当时文坛的领袖人物。后人把他的诗文编为《魏武帝集》。

〔7〕 《三国志演义》　即长篇小说《三国演义》,元末明初罗贯中著。书中将曹操描写为"奸雄"。

〔8〕 严可均(1762—1843)　字景文,号铁桥,浙江乌程(今湖州)人。清嘉庆举人,曾任建德教谕。他自嘉庆十三年(1808)起,开始搜集唐以前的文章,历二十余年,成《全上古三代秦汉三国六朝文》,内收作者三千四百多人,分代编辑为十五集,总计七四六卷。稍后,他的同乡蒋壑为作编目一〇三卷,并以为原书题名不能概括全书,故将书名改为《全上古三代秦汉三国晋南北朝文》。原书于1894年(光绪二十

年)由黄冈王毓藻刊于广州。

〔9〕 丁福保(1874—1952) 字仲祜,江苏无锡人。清末肄业于江阴南菁书院,曾任京师大学堂和译学馆教习。后习医,曾至日本考察医学,归国后在上海创办医学书局。他所辑的《全汉三国晋南北朝诗》,收作者七百余人,依时代分为十一集,总计五十四卷。1916年上海医学书局出版。

〔10〕 刘师培(1884—1919) 字申叔,江苏仪征人。1907年在日本加入同盟会,后成为清朝两江总督端方的幕僚。民国后与杨度、孙毓筠等人组织筹安会,助袁世凯实行帝制。他的著作很多,《中国中古文学史》是他在民国初年任北京大学教授时所编的讲义,后收入《刘申叔先生遗书》中。

〔11〕《三国志·魏书·武帝纪》裴松之注引《魏武故事》,曹操于汉献帝建安十五年(210)下令"自明本志",表白自己并无篡汉的意图,内有"设使国家无有孤,不知当几人称帝,几人称王!"的话。

〔12〕《太平御览》卷四二五引谢承《后汉书》:"范丹姊病,往看之,姊设食;丹以姊婿不德,出门留二百钱,姊使人追索还之,丹不得已受之。闻里中刍荛童仆更相怒曰:'言汝清高,岂范史云辈而云不盗我菜乎?'丹闻之,曰:'吾之微志,乃在童竖之口,不可不勉。'遂投钱去。"按范丹(112—185),一作范冉,字史云,后汉陈留外黄(今河南杞县东北)人。

〔13〕 曹操曾于建安十五年(210)、二十二年(217)下求贤令,又于建安十九年(214)令有司取士毋废"偏短",均强调以才能为用人的标准。《魏书·武帝纪》载建安十五年令说:"今天下尚未定,此特求贤之急时也。……若必廉士而后可用,则齐桓其何以霸世!今天下得无有被褐怀玉而钓于渭滨者乎?又得无盗嫂受金而未遇无知者乎?二三子其佐我明扬仄陋,唯才是举,吾得而用之。"又裴注引王沈《魏书》所载

二十二年令说："今天下得无有至德之人,放在民间? 及果勇不顾,临敌力战,若文俗之吏,高才异质,或堪为将守;负汙辱之名,见笑之行,或不仁不孝,而有治国用兵之术:其各举所知,勿有所遗。"

〔14〕 "郑康成行酒伏地气绝" 语出《三国志·魏书·袁绍传》裴注引《英雄记》载曹操《董卓歌》:"德行不亏缺,变故自难常。郑康成行酒伏地气绝,郭景图命尽于园桑。"按郑康成(127—200),名玄,字康成,北海高密(今山东高密)人,东汉经学家。曾聚徒讲学,建安中官拜大司农,寻卒。其生活时代较曹操约早二十余年。

〔15〕 曹操的遗令,散见于《三国志·魏书·武帝纪》及其他古书中,严可均缀合为一篇,收入《全三国文》卷三,其中有这样的话:"吾婢妾与伎人皆勤苦,使著铜雀台,善待之。……余香可分与诸夫人……诸舍中(按指诸妾)无所为,可学作履组卖也。吾历官所得绶(印绶),皆著藏中,吾余衣裘,可别为一藏,不能者兄弟可共分之。"

〔16〕 陆机(261—303) 字士衡,吴郡华亭(今上海松江)人,晋代诗人。陆逊之孙,在吴为牙门将,入晋后曾任相国参军、平原内史等职,后为成都王司马颖所杀。他评曹操的话,见萧统《文选》卷六十《吊魏武帝文》:"彼裴绂于何有,贻尘谤于后王。"唐代李善注:"言裴绂轻微何所有,而空贻尘谤而及后王。"

〔17〕 曹丕(187—226) 字子桓,曹操的次子(按操长子名昂字子修,随操征张绣阵亡,故一般都以曹丕为操的长子)。建安二十五年(220)废汉献帝自立为帝,即魏文帝。他爱好文学,创作之外,兼擅批评,所著《典论》,《隋书·经籍志》著录五卷,已佚,严可均《全三国文》内有辑佚一卷。其中《论文》篇论及各种文体的特征说:"奏议宜雅,书论宜理,铭诔尚实,诗赋欲丽。"又论文气说:"文以气为主,气之清浊有体,不可力强而致。"

〔18〕 曹植(192—232) 字子建,曹操的第三子。曾封东阿王,

后封陈王,死谥思,后世称陈思王。他是建安时代重要诗人之一,流传下来的著作,以清代丁晏所编的《曹集诠评》搜罗较为完备。

〔19〕 曹叡(204—239) 字元仲,曹丕的儿子,即魏明帝。

〔20〕 《文选》 南朝梁昭明太子萧统编选。内选秦汉至齐梁间的诗文,共三十卷,是我国最早的一部诗文总集。唐代李善为之作注,分为六十卷。曹丕《典论·论文》,见该书第五十二卷。

〔21〕 "为艺术而艺术" 十九世纪法国诗人戈蒂叶(T. Gautier)提出的一种文艺观点(见小说《莫班小姐》序)。他认为艺术可以超越一切功利而存在,创作的目的就在于艺术作品的本身,与社会政治无关。

〔22〕 文章事可以留名声于千载 曹丕《典论·论文》:"盖文章经国之大业,不朽之盛事。年寿有时而尽,荣乐止乎其身,二者必至之常期,未若文章之无穷。是以古之作者,寄身于翰墨,见意于篇籍,不假良史之辞,不托飞驰之势,而声名自传于后。"

〔23〕 文章小道 曹植《与杨德祖(修)书》:"辞赋小道,固未足以揄扬大义,彰示来世也。昔扬子云先朝执戟之臣耳,犹称壮夫不为也;吾虽德薄,位为藩侯,犹庶几戮力上国,流惠下民,建永世之业,留金石之功;岂徒以翰墨为勋绩,辞赋为君子哉!"

〔24〕 曹植早年以文才为曹操所爱,屡次想立他为太子;他也结纳杨修、丁仪、丁廙等为羽翼,在曹操面前和曹丕争宠。但他后来因为任性骄纵,失去了曹操的欢心,终于未得嗣立。到了曹丕即位以后,他常被猜忌,更觉雄才无所施展。明帝时又一再上表求"自试",希望能够用他带兵去征吴伐蜀,建功立业,但他的要求也未实现。

〔25〕 "建安七子" 这个名称始于曹丕的《典论·论文》:"今之文人,鲁国孔融文举,广陵陈琳孔璋,山阳王粲仲宣,北海徐干伟长,陈

留阮瑀元瑜,汝南应玚德琏,东平刘桢公干:斯七子者,于学无所遗,于辞无所假,咸以自骋骥䮴于千里,仰齐足而并驰。"后人据此便称孔融等为"建安七子"。按孔融(153—208),鲁国(今山东曲阜)人,汉献帝时为北海相,太中大夫。陈琳(?—217),广陵(今江苏江都)人,曾任司空(曹操)军谋祭酒。王粲(177—217),山阳高平(今山东邹县)人,曾任丞相(曹操)军谋祭酒、侍中。徐幹(171—217),北海(今山东潍坊西南)人,曾任司空军谋祭酒、五官将(曹丕)文学。阮瑀(?—212),陈留尉氏(今河南尉氏)人,曾任司空军谋祭酒。应玚(?—217),汝南(今河南汝南)人,曾任丞相掾属、五官将文学。刘桢(?—217),东平(今山东东平)人,曾任丞相掾属。

〔26〕 曹丕在《典论·论文》中评论孔融的文章说:"孔融体气高妙,有过人者。然不能持论,理不胜词,以至乎杂以嘲戏;及其所善,扬、班俦也。"按"建安七子"中,陈琳等都是曹操门下的属官,只有孔融例外;在年龄上,他比其余六人约长十余岁而又最先逝世,年辈也不相同。他没有应酬和颂扬曹氏父子的作品,而且还常常讽刺曹操。《后汉书·孔融传》载:"曹操攻屠邺城,袁氏妇子多见侵略,而操子丕私纳袁熙(按为袁绍子)妻甄氏。融乃与操书,称'武王伐纣,以妲己赐周公'。操不悟,后问出何经典。对曰:'以今度之,想当然耳。'……时年饥兵兴,操表制酒禁,融频书争之,多侮慢之辞。"唐代章怀太子(李贤)注引孔融与曹操论酒禁书,其中有"夏商亦以妇人失天下,今令不断婚姻。而将酒独急者,疑但惜谷耳"等语。

〔27〕 "何以解忧?惟有杜康" 见曹操的《短歌行》。杜康,相传为周代人,善造酒。

〔28〕 关于曹操杀孔融的经过,《后汉书·孔融传》说:"曹操既积嫌忌,而郗虑复搆成其罪,遂令丞相军谋祭酒路粹枉状奏融曰:'……(融)前与白衣祢衡跌荡放言,云:"父之于子,当有何亲?论其本意,实

为情欲发耳。子之于母,亦复奚为?譬如寄物瓶中,出则离矣。'……大逆不道,宜极重诛。'书奏,下狱弃市。"又《三国志·魏书·崔琰传》注引孙盛《魏氏春秋》,内载曹操宣布孔融罪状的令文说:"平原祢衡受传融论,以为父母与人无亲,譬若瓴器,寄盛其中。又言若遭饿馑,而父不肖,宁赡活余人。融违天反道,败伦乱理,虽肆市朝,犹恨其晚。"

〔29〕 祢衡(173—198) 字正平,平原般(今山东临邑)人,汉末文学家。他恃才不仕,性刚傲慢,与孔融、杨修友善,曾屡次羞辱曹操;因为他文名很大,曹操虽想杀他而又有所顾忌,便将他送与刘表,后因侮慢刘表,又被送给江夏太守黄祖,终为黄祖所杀,死时年二十六岁。

〔30〕 何晏(?—249) 字平叔,南阳宛(今河南南阳)人。曹操的女婿。齐王曹芳时,曹爽执政,用他为吏部尚书,后与曹爽同时被司马懿所杀。《三国志·魏书·曹爽传》说他"少以才秀知名,好老庄言,作《道德论》及诸文赋著述凡数十篇"。

〔31〕 《老子》 即《道德经》,相传为春秋时老聃著,是道家的主要经典。《易经》,即《周易》,大约产生于殷周时代,是古代记载占卜的书。

〔32〕 关于何晏搽粉的事,《三国志·魏书·曹爽传》注引鱼豢《魏略》说:"晏性自喜,动静粉白不去手,行步顾影。"但晋代人裴启所著《语林》则说:"(晏)美姿仪,面绝白,魏文帝疑其著粉;后正夏月,唤来,与热汤饼,既啖,大汗出,随以朱衣自拭,色转皎洁,帝始信之。"

〔33〕 关于何晏服药的事,《世说新语·言语》载:"何平叔云:服五石散,非唯治病,亦觉神明开朗。"刘孝标注引秦丞相(按当作秦承祖)《寒食散论》说:"寒食散之方,虽出汉代,而用之者寡,靡有传焉。魏尚书何晏首获神效,由是大行于世,服者相寻。"又隋代巢元方《诸病源候论》卷六《寒食散发候》篇说:"皇甫(谧)云:寒食药者,世莫知焉,或言华佗,或曰仲景(张机)。……近世尚书何晏,耽声好色,始服此药。心

加开朗,体力转强。京师歙然,传以相授。……晏死之后,服者弥繁,于时不辍。"

〔34〕 巢元方 隋代人,炀帝时任太医博士,大业六年奉诏撰《诸病源候论》五十卷。关于寒食散的服法与解法,详见该书卷六《寒食散发候》篇。

〔35〕 "扪虱而谈" 这是王猛的故事。王猛(325—375),字景略,北海剧(今山东寿光)人,隐居华山。《晋书·王猛传》说:"桓温入关,猛被褐而诣之,一面谈当世之事,扪虱而言,旁若无人。"

〔36〕 葛洪(约283—363) 字稚川,号抱朴子,句容(今江苏句容)人。晋惠帝时拜伏波将军,赐关内侯。《晋书·葛洪传》说他"为人木讷,不好荣利,……究览典籍,尤好神仙导养之法。"所著《抱朴子》,共八卷,分内外二篇,内篇论神仙方药,外篇论时政人事。关于服散的记载,见该书内篇。

〔37〕 关于服散作假的事,《太平广记》卷二四七引侯白《启颜录》载:"后魏孝文帝时,诸王及贵臣多服石药,皆称石发。乃有热者,非富贵者,亦云服石发热,时人多嫌其诈作富贵体。有一人于市门前卧,宛转称热,要人竞看,同伴怪之,报曰:'我石发。'同伴人曰:'君何时服石,今得石发?'曰:'我昨市米中有石,食之今发。'众人大笑。自后少有人称患石发者。"

〔38〕 关于闻讳而哭的事,《世说新语·任诞》载:"桓南郡(桓玄)被召作太子洗马,船泊荻渚。王大(王忱)服散后已小醉,往看桓,桓为设酒,不能冷饮,频语左右,令温酒来。桓乃流涕呜咽,王便欲去。桓以手巾掩泪,因谓王曰:'犯我家讳,何预卿事。'王叹曰:'灵宝(桓玄小名)故自达。'"按桓玄的父亲名温,所以他听见王忱叫人温酒便哭泣起来。

〔39〕 王弼(226—249) 字辅嗣,魏国山阳(今河南焦作)人。王

粲的族孙。《三国志·魏书·钟会传》说:"弼好论儒道,辞才逸辩,注《易》及《老子》,为尚书郎。"夏侯玄(209—254),字太初,沛国谯(今安徽亳县)人。《三国志·魏书·夏侯尚传》说:"(玄)少知名,弱冠为散骑黄门侍郎……正始初,曹爽辅政。玄,爽之姑子也。累迁散骑常侍、中护军。……顷之,为征西将军,假节都督雍、凉州诸军事。"曹爽被司马懿所杀后,他也为司马师所杀。

〔40〕 "正始名士" 《世说新语·文学》"袁彦伯作《名士传》成"条下梁刘孝标注:"宏(彦伯名)以夏侯太初、何平叔、王辅嗣为正始名士。阮嗣宗、嵇叔夜、山巨源、向子期、刘伯伦、阮仲容、王浚仲为竹林名士。"按正始(240—249),魏废帝齐王曹芳的年号。

〔41〕 《世说新语》 南朝宋刘义庆撰。内容是记述东汉至东晋间一般文士学士的言谈风貌轶事等。有南朝梁刘孝标所作注释。今传本共三卷,三十六篇。按刘义庆(403—444),彭城(今江苏徐州)人,宋武帝刘裕的侄子,袭爵为临川王,曾任南兖州刺史。

〔42〕 司马懿(179—251) 字仲达,河内温县(今河南温县)人。初为曹操主簿,魏明帝时迁大将军。齐王曹芳即位后,他专断国政;死后其子司马昭继为大将军,日谋篡位。咸熙二年(265),昭子司马炎代魏称帝,建立晋朝。按夏侯玄是被司马师所杀,作者误记为司马懿。

〔43〕 "解散方" 《唐书·经籍志》著录《解寒食散方》十三卷,徐叔和撰;《新唐书·艺文志》著录《解寒食方》十五卷,徐叔向撰。

〔44〕 皇甫谧(215—282) 字士安,安定朝那(今甘肃平凉)人。晋朝初年屡征不出,著有《高士传》、《逸士传》、《玄晏春秋》等。《晋书·皇甫谧传》载有他的一篇上司马炎疏,其中自述因吃散而得到的种种苦痛说:"臣以尪弊,迷于道趣。……又服寒食药,违错节度,辛苦荼毒,于今七年。隆冬裸袒食冰,当暑烦闷,加以咳逆,或若温疟,或类伤

寒,浮气流肿,四肢酸重。于今困劣,救命呼喻,父兄见出,妻息长诀。"

〔45〕 关于拔剑逐蝇的故事,《三国志·魏书·梁习传》注引《魏略》:"(王)思又性急,尝执笔作书,蝇集笔端,驱去复来,如是再三。思恚怒,自起逐蝇,不能得,还取笔掷地,蹋坏之。"按清代张英等所编《渊鉴类函》卷三一五《褊急》门载王思事,有"思自起拔剑逐蝇"的话,但未注明引用书名。按王思,济阴(今山东定陶)人,正始中为大司农。

〔46〕 "竹林七贤" 《三国志·魏书·王粲传》内附述嵇康事略,裴注引《魏氏春秋》说:"康寓居河内之山阳县,……与陈留阮籍、河内山涛、河南向秀、籍兄子咸、琅琊王戎、沛人刘伶相与友善,游于竹林,号为'七贤'。"《世说新语·任诞》亦有一则,说七人"常集于竹林之下,肆意酣畅,故世谓'竹林七贤'"。参看本篇注〔40〕。

〔47〕 嵇康(223—262) 字叔夜,谯国铚(今安徽宿县)人,诗人。《晋书·嵇康传》说:"康早孤,有奇才,远迈不群。……学不师受,博览无不该通,长好老庄。与魏宗室婚,拜中散大夫。常修养性服食(服药)之事,弹琴咏诗,自足于怀。……康善谈理,又能属文,其高情远趣,率然玄远。"他的著作,现存《嵇康集》十卷,有鲁迅校本。

〔48〕 阮籍(210—263) 字嗣宗,陈留尉氏(今河南尉氏)人,阮瑀之子,诗人,与嵇康齐名。仕魏为从事中郎、步兵校尉。《晋书·阮籍传》说他"博览群籍,尤好庄老。嗜酒能啸,善弹琴。"又说:"籍本有济世志,属魏晋之际,天下多故,名士少有全者,籍由是不与世事,遂酣饮为常。"他的著作,现存《阮籍集》十卷。

〔49〕 刘伶 字伯伦,沛国(今安徽濉溪)人。仕魏为建威参军。性放纵嗜酒,著有《酒德颂》,托言有大人先生,"止则操卮执觚,动则挈榼提壶,唯酒是务,焉知其余。"有"贵介公子,搢绅处士"在他的面前"陈说礼法",而他"方捧甖承槽,衔杯漱醪,奋髯箕踞,枕麴藉糟,无思无虑,其乐陶陶。"

〔50〕 关于阮籍能为青白眼,见《晋书·阮籍传》:"籍又能为青白眼,见礼俗之士,以白眼对之。"他的母亲死了,"嵇喜来吊,籍作白眼,喜不怿而退。喜弟康闻之,乃赍酒挟琴造焉,籍大悦,乃见青眼。由是礼法之士疾之若雠。"

〔51〕 "口不臧否人物" 语出《晋书·阮籍传》:"籍虽不拘礼教,然发言玄远,口不臧否人物。"

〔52〕 晋代常有子呼父名的例子,如《晋书·胡母辅之传》:"辅之正酣饮,谦之(辅之的儿子)阚而厉声曰:'彦国(辅之的号),年老不得为尔!将令我尻背东壁。'辅之欢笑,呼入与共饮。"又《王蒙传》:"王蒙,字仲祖……美姿容,尝览镜自照,称其父字曰:'王文开生如此儿耶!'"

〔53〕 关于刘伶裸形见客的事,《世说新语·任诞》载:"刘伶恒纵酒放达,或脱衣裸形在屋中,人见讥之。伶曰:'我以天地为栋宇,屋室为裈衣,诸君何为入我裈中?'"刘孝标注引邓粲《晋纪》所记略同。

〔54〕 《大人先生传》 阮籍借"大人先生"之口来抒写自己胸怀的一篇文章。这里所引的三句是"大人先生"所作的歌。

〔55〕 关于阮籍借醉辞婚的故事,《晋书·阮籍传》载:"文帝(司马昭,鲁迅误记为司马懿)初欲为武帝(司马炎)求婚于籍,籍醉六十日,不得言而止。"

〔56〕 颜延之(384—456) 字延年,琅琊临沂(今山东临沂)人,南朝宋诗人。官至金紫光禄大夫。《文选》卷二十三阮籍《咏怀》诗下,李善注引颜延之的话:"嗣宗身仕乱朝,常恐罹谤遇祸,因兹发咏,故每有忧生之嗟;虽志在刺讥,而文多隐避,百代之下,难以情测,故粗明大意,略其幽旨也。"

〔57〕 "学而时习之,不亦说乎" 语出《语论·学而》。孔子语,"说"同"悦"。

〔58〕 《难自然好学论》 嵇康为反驳张邈(字辽叔)的《自然好学论》而作的一篇论文。

〔59〕 管叔蔡叔 是周武王的两个兄弟。《史记·管蔡世家》说："武王已克殷纣,平天下,封功臣昆弟。于是封叔鲜于管,封叔度于蔡,二人相纣子武庚禄父(按禄父为武庚之名),治殷遗民。封叔旦于鲁而相周,为周公。……武王既崩,成王少,周公旦专王室。管叔、蔡叔疑周公之为不利于成王,乃挟武庚以作乱。周公旦承成王命伐诛武庚,杀管叔,而放蔡叔,迁之。"嵇康的《管蔡论》为管、蔡辩解,说"管、蔡皆服教殉义,忠诚自然。……周公践政,率朝诸侯。……而管、蔡服教,不达圣权,卒遇大变,不能自通。忠于乃心,思在王室。遂乃抗言率众,欲除国患。"

〔60〕 《与山巨源绝交书》 山巨源,即"竹林七贤"之一的山涛(205—283),河内怀(今河南武陟)人。他在魏元帝(曹奂)景元年间投靠司马昭,曾任选曹郎,后将去职,欲举嵇康代任,康作书拒绝,并表示和他绝交,书中自说不堪受礼法的束缚,"又每非汤武而薄周孔,在人间不止,此事会显,世教所不容。"后来嵇康受朋友吕安案的牵连,钟会便乘机劝司马昭把他杀了。《三国志·魏书·王粲传》注引《魏氏春秋》叙述他被杀的经过说："大将军(司马昭)尝欲辟(征召)康。康既有绝世之言,又从子不善,避之河东,或云避世。及山涛为选曹郎,举康自代,康答书拒绝,因自说不堪流俗而非薄汤武。大将军闻而怒焉。初,康与东平吕昭子巽及巽弟安亲善。会巽淫安妻徐氏,而诬安不孝,因之。安引康为证,康义不负心,保明其事。安亦至烈,有济世志力。钟会劝大将军因此除之,遂杀安及康。康临刑自若,援琴而鼓,既而叹曰:'雅音于是绝矣!'时人莫不哀之。"按杀嵇康的是司马昭,鲁迅误记为司马懿。

〔61〕 裴颜(267—300) 字逸民,河东闻喜(今山西闻喜)人。晋

惠帝时为国子祭酒,兼右军将军,迁尚书左仆射,后为司马伦(赵王)所杀。《晋书·裴𫖯传》说:"𫖯深患时俗放荡,不尊儒术。何晏、阮籍素有高名于世,口谈浮虚,不遵礼法,尸禄耽宠,仕不事事;至王衍之徒,声誉太盛,位高势重,不以物务自婴,遂相仿效,风教陵迟,乃著《崇有》之论以释其蔽。"

〔62〕 孙盛(约306—378) 字安国,太原中都(今山西平遥)人。曾任桓温参军,官至秘书中。著有《魏氏春秋》、《晋阳秋》等。他的《老聃非大贤论》,批评当时清谈家奉为宗主的老聃,用老聃自己的话证明他的学说的自相矛盾,不切实际,从而断定老聃并非大贤。

〔63〕 何曾(197—278) 字颖考,陈国阳夏(今河南太康)人。司马炎篡魏,他因劝进有功,拜太尉,封公爵。《晋书·何曾传》说:"时(按当为魏高贵乡公即位初年)步兵校尉阮籍负才放诞,居丧无礼。曾面质籍于文帝(鲁迅误记为司马懿)座曰:'卿纵情背礼,败俗之人。今忠贤执政,综核名实,若卿之曹,不可长也。'因言于帝曰:'公方以孝治天下,而听阮籍以重哀(母丧)饮酒食肉于公座。宜摈四裔,无令汙染华夏。'帝曰:'此子羸病若此,君不能为吾忍耶!'曾重引据,辞理甚切。帝虽不从,时人敬惮之。"

〔64〕 "明于礼义而陋于知人心"二句,见《庄子·田子方》:"温伯雪子适齐,舍于鲁,鲁人有请见之者,温伯雪子曰:'不可,吾闻中国之君子,明乎礼义而陋于知人心,吾不欲见也。'"据唐代成玄英注:温伯,字雪子,春秋时楚国人。鲁迅误记为季札。

〔65〕 阮籍不愿儿子效法自己的事,见《晋书·阮籍传》:"(籍)子浑,字长成,有父风,少慕通达,不饰小节,籍谓曰:'仲容已豫吾此流,汝不得复尔。'"又《世说新语·任诞》也载有此事。按阮咸,字仲容,阮籍兄阮熙之子。

〔66〕 嵇康怠慢钟会,见《晋书·嵇康传》:"(康)性绝巧而好锻

(打铁)。宅中有一柳树甚茂,乃激水圜之,每夏月,居其下以锻。"又说:"初,康居贫,尝与向秀共锻于大树之下,以自赡给。颍川钟会,贵公子也,精练有才辩,故往造焉。康不为之礼,而锻不辍。良久会去,康谓曰:'何所闻而来,何所见而去?'会曰:'闻所闻而来,见所见而去。'会以此憾之。"按钟会(225—264),字士季,颍川长社(今河南长葛)人。司马昭的重要谋士,官至左徒。魏常道乡公景元三年(262)拜镇西将军,次年统兵伐蜀,蜀平后谋反,被杀。

〔67〕 《家诫》 见《嵇康集》卷十。鲁迅所举的这几条的原文是:"君子用心,所欲准行,自当量其善者,必拟议而后动。……所居长吏,但宜敬之而已矣,不当极亲密,不宜数往;往当有时。其有众人,又不当独在后,又不当宿。所以然者,长吏喜问外事,或时发举,则怨者谓人所说,无以自免也。……若会酒坐,见人争语,其形势似欲转盛,便当无何舍去之。此将斗之兆也。坐视必见曲直,傥不能不有言,有言必是在一人;其不是者方自谓为直,则谓曲我者有私于彼,便怨恶之情生矣;或便获悖辱之言。……又慎不须离楼,强劝人酒,不饮自己;若人来劝己,辄当为持之,勿稍逆也。"(据鲁迅校本)按嵇康的儿子名绍,字延祖,《晋书·嵇绍传》说他"十岁而孤"。

〔68〕 刘勰(约465—约532) 字彦和,南东莞(今江苏镇江)人,南朝梁文艺理论家。曾任步兵校尉,晚年出家。著有《文心雕龙》。这里所引的两句,见于该书《才略》篇。

〔69〕 陶潜(约372—427) 又名渊明,字元亮,浔阳柴桑(今江西九江)人,晋代诗人。曾任彭泽令,因不满当时政治的黑暗和官场的虚伪,辞官归隐。著作有《陶渊明集》。梁代钟嵘在《诗品》中称他为"古今隐逸诗人之宗","五四"以后又常被人称为"田园诗人"。他在《乞食》一诗中说:"饥来驱我去,不知竟何之。行行至斯里,叩门拙言辞。主人解余意,遗赠岂虚来。谈谐终日夕,觞至辄倾杯。……衔戢知何

谢,冥报以相贻。"又南朝宋檀道鸾《续晋阳秋》说:"江州刺史王弘造渊明,无履,弘从人脱履以给之。弘语左右为彭泽作履,左右请履度,渊明于众坐伸脚,及履至,著而不疑。""采菊东篱下"句见他所作的《饮酒》诗第五首。

〔70〕 陶潜的《述酒》诗,据南宋汤汉的注语,以为它是为当时最重大的政治事变——晋宋易代而作,注语中说:"晋元熙二年(420)六月,刘裕废恭帝(司马德文)为零陵王,明年,以毒酒一罂授张伟使酖王,伟自饮而卒;继又令兵人逾垣进药,王不肯饮,遂掩杀之。此诗所为作,故以《述酒》名篇也。诗辞尽隐语,故观者弗省。……予反复详考,而后知决为零陵哀诗也。"(见《陶靖节诗注》卷三)

〔71〕 墨子(约前468—前376)　名翟,鲁国人,春秋战国时代思想家,墨家创始人。他认为"天下兼相爱则治,交相恶则乱",提倡"兼爱"的学说。现存《墨子》书中有《兼爱》上中下三篇。杨子,即杨朱,战国时代思想家。他的学说的中心是"为我",《孟子·尽心(上)》说:"杨子取为我,拔一毛而利天下,不为也。"他没有著作留传下来,后人仅能从先秦书中略知他的学说的大概。

〔72〕 陶潜诗文中提到"死"的地方很多,如《己酉岁九月九日》中说:"万化相寻绎,人生岂不劳。从古皆有没,念之心中焦。"又《与子俨等疏》中说:"天地赋命,生必有死;自古圣贤,谁能独免。"等等。

小　杂　感[1]

　　蜜蜂的刺,一用即丧失了它自己的生命;犬儒[2]的刺,一用则苟延了他自己的生命。
　　他们就是如此不同。

　　约翰穆勒[3]说:专制使人们变成冷嘲。
　　而他竟不知道共和使人们变成沉默。

　　要上战场,莫如做军医;要革命,莫如走后方;要杀人,莫如做刽子手。既英雄,又稳当。

　　与名流学者谈,对于他之所讲,当装作偶有不懂之处。太不懂被看轻,太懂了被厌恶。偶有不懂之处,彼此最为合宜。

　　世间大抵只知道指挥刀所以指挥武士,而不想到也可以指挥文人。

　　又是演讲录,又是演讲录。[4]
　　但可惜都没有讲明他何以和先前大两样了;也没有讲明他演讲时,自己是否真相信自己的话。

小　杂　感

阔的聪明人种种譬如昨日死。[5]
不阔的傻子种种实在昨日死。

曾经阔气的要复古,正在阔气的要保持现状,未曾阔气的要革新。
大抵如是。大抵!

他们之所谓复古,是回到他们所记得的若干年前,并非虞夏商周。

女人的天性中有母性,有女儿性;无妻性。
妻性是逼成的,只是母性和女儿性的混合。

防被欺。
自称盗贼的无须防,得其反倒是好人;自称正人君子的必须防,得其反则是盗贼。

楼下一个男人病得要死,那间壁的一家唱着留声机;对面是弄孩子。楼上有两人狂笑;还有打牌声。河中的船上有女人哭着她死去的母亲。
人类的悲欢并不相通,我只觉得他们吵闹。

每一个破衣服人走过,叭儿狗就叫起来,其实并非都是狗主人的意旨或使嗾。

叭儿狗往往比它的主人更严厉。

恐怕有一天总要不准穿破布衫,否则便是共产党。

革命,反革命,不革命。

革命的被杀于反革命的。反革命的被杀于革命的。不革命的或当作革命的而被杀于反革命的,或当作反革命的而被杀于革命的,或并不当作什么而被杀于革命的或反革命的。

革命,革革命,革革革命,革革……。

人感到寂寞时,会创作;一感到干净时,即无创作,他已经一无所爱。

创作总根于爱。

杨朱无书。[6]

创作虽说抒写自己的心,但总愿意有人看。

创作是有社会性的。

但有时只要有一个人看便满足:好友,爱人。

人往往憎和尚,憎尼姑,憎回教徒,憎耶教徒,而不憎道士。

懂得此理者,懂得中国大半。

要自杀的人,也会怕大海的汪洋,怕夏天死尸的易烂。

但遇到澄静的清池,凉爽的秋夜,他往往也自杀了。

凡为当局所"诛"者皆有"罪"。

刘邦除秦苛暴,"与父老约,法三章耳。"
而后来仍有族诛,仍禁挟书,还是秦法。[7]
法三章者,话一句耳。

一见短袖子,立刻想到白臂膊,立刻想到全裸体,立刻想到生殖器,立刻想到性交,立刻想到杂交,立刻想到私生子。
中国人的想像惟在这一层能够如此跃进。

九月二十四日。

* * *

〔1〕 本篇最初发表于1927年12月17日《语丝》周刊第四卷第一期。

〔2〕 犬儒 原指古希腊昔匿克学派(Cynicism)的哲学家。他们过着禁欲的简陋的生活,被人讥诮为穷犬,所以又称犬儒学派。这些人主张独善其身,以为人应该绝对自由,否定一切伦理道德,以冷嘲热讽的态度看待一切。作者在1928年3月8日致章廷谦信中说:"犬儒＝Cynic,它那'刺'便是'冷嘲'。"

〔3〕 约翰穆勒(J. S. Mill,1806—1873) 英国哲学家、经济学家。著作有《逻辑体系》、《论自由》等。

〔4〕 这里所说的"演讲录",指当时不断编印出售的蒋介石、汪精卫、吴稚晖、戴季陶等人的演讲集。作者在写本文后第二天(9月25日)

致台静农信中说:"现在是大卖戴季陶讲演录了(蒋介石的也行了一时)。"他们当时在各地发表的演讲,内容和在"四一二"政变以前的演讲很不相同:政变以前,他们在口头上拥护孙中山联俄、联共、扶助农工的三大政策;政变以后,便竭力鼓吹反苏、反共,压迫工农。

〔5〕 "阔的聪明人种种譬如昨日死" 也是指蒋介石、汪精卫等人。"如昨日死"是引用曾国藩的话:"从前种种如昨日死,从后种种如今日生。"1927年8月18日广州《民国日报》就蒋(介石)汪(精卫)合流反共所发表的一篇社论中,也引用曾国藩的这句话,其中说:"以前种种,譬如昨日死;以后种种,譬如今日生;今后所应负之责任益大且难,这真要我们真诚的不妥协的非投机的同志不念既往而真正联合。"

〔6〕 杨朱无书 参看本书第135页注〔71〕。

〔7〕 "与父老约,法三章耳" 语出《史记·高祖本纪》:"汉元年(前206)十月,沛公(刘邦)兵遂先诸侯至霸上。……遂西入咸阳……还军霸上。召诸县父老豪杰曰:'父老苦秦苛法久矣,诽谤者族,偶语者弃市。吾与诸侯约,先入关者王之,吾当王关中。与父老约,法三章耳:杀人者死,伤人及盗抵罪。余悉除去秦法。'"又《汉书·刑法志》载:"汉兴,高祖初入关,约法三章……其后四夷未附,兵革未息,三章之法不足以御奸,于是相国萧何捃摭秦法,取其宜于时者,作律九章。"

再 谈 香 港[1]

我经过我所视为"畏途"的香港,算起来九月二十八日是第三回。

第一回带着一点行李,但并没有遇见什么事。第二回是单身往来,那情状,已经写过一点了。这回却比前两次仿佛先就感到不安,因为曾在《创造月刊》上王独清先生的通信[2]中,见过英国雇用的中国同胞上船"查关"的威武:非骂则打,或者要几块钱。而我是有十只书箱在统舱里,六只书箱和衣箱在房舱里的。

看看挂英旗的同胞的手腕,自然也可说是一种经历,但我又想,这代价未免太大了,这些行李翻动之后,单是重行整理捆扎,就须大半天;要实验,最好只有一两件。然而已经如此,也就随他如此罢。只是给钱呢,还是听他逐件查验呢?倘查验,我一个人一时怎么收拾呢?

船是二十八日到香港的,当日无事。第二天午后,茶房匆匆跑来了,在房外用手招我道:

"查关!开箱子去!"

我拿了钥匙,走进统舱,果然看见两位穿深绿色制服的英属同胞,手执铁签,在箱堆旁站着。我告诉他这里面是旧书,他似乎不懂,嘴里只有三个字:

"打开来!"

"这是对的,"我想,"他怎能相信漠不相识的我的话呢。"自然打开来,于是靠了两个茶房的帮助,打开来了。

他一动手,我立刻觉得香港和广州的查关的不同。我出广州,也曾受过检查。但那边的检查员,脸上是有血色的,也懂得我的话。每一包纸或一部书,抽出来看后,便放在原地方,所以毫不凌乱。的确是检查。而在这"英人的乐园"的香港可大两样了。检查员的脸是青色的,也似乎不懂我的话。他只将箱子的内容倒出,翻搅一通,倘是一个纸包,便将包纸撕破,于是一箱书籍,经他搅松之后,便高出箱面有六七寸了。

"打开来!"

其次是第二箱。我想,试一试罢。

"可以不看么?"我低声说。

"给我十块钱。"他也低声说。他懂得我的话的。

"两块。"我原也肯多给几块的,因为这检查法委实可怕,十箱书收拾妥帖,至少要五点钟。可惜我一元的钞票只有两张了,此外是十元的整票,我一时还不肯献出去。

"打开来!"

两个茶房将第二箱抬到舱面上,他如法泡制,一箱书又变了一箱半,还撕碎了几个厚纸包。一面"查关",一面磋商,我添到五元,他减到七元,即不肯再减。其时已经开到第五箱,四面围满了一群看热闹的旁观者。

箱子已经开了一半了,索性由他看去罢,我想着,便停止了商议,只是"打开来"。但我的两位同胞也仿佛有些厌倦了似的,渐渐不像先前一般翻箱倒箧,每箱只抽二三十本书,抛在箱面上,便画了查讫的记号了。其中有一束旧信札,似乎颇惹起他们的兴味,振了一振精神,但看过四五封之后,也就放下了。此后大抵又开了一箱罢,他们便离开了乱书堆:这就是终结。

我仔细一看,已经打开的是八箱,两箱丝毫未动。而这两个硕果,却全是伏园[3]的书箱,由我替他带回上海来的。至于我自己的东西,是全部乱七八糟。

"吉人自有天相,伏园真福将也!而我的华盖运却还没有走完,噫吁唏……"我想着,蹲下去随手去拾乱书。拾不几本,茶房又在舱口大声叫我了:

"你的房里查关,开箱子去!"

我将收拾书箱的事托了统舱的茶房,跑回房舱去。果然,两位英属同胞早在那里等我了。床上的铺盖已经掀得稀乱,一个凳子躺在被铺上。我一进门,他们便搜我身上的皮夹。我以为意在看看名刺,可以知道姓名。然而并不看名刺,只将里面的两张十元钞票一看,便交还我了。还嘱咐我好好拿着,仿佛很怕我遗失似的。

其次是开提包,里面都是衣服,只抖开了十来件,乱堆在床铺上。其次是看提篮,有一个包着七元大洋的纸包,打开来数了一回,默然无话。还有一包十元的在底里,却不被发见,漏网了。其次是看长椅子上的手巾包,内有角子一包十元,散的四五元,铜子数十枚,看完之后,也默然无话。其次是开衣箱。这回可有些可怕了。我取锁匙略迟,同胞已经捏着铁签作将要毁坏铰链之势,幸而钥匙已到,始庆安全。里面也是衣服,自然还是照例的抖乱,不在话下。

"你给我们十块钱,我们不搜查你了。"一个同胞一面搜衣箱,一面说。

我就抓起手巾包里的散角子来,要交给他。但他不接受,回过头去再"查关"。

话分两头。当这一位同胞在查提包和衣箱时,那一位同胞是在查网篮。但那检查法,和在统舱里查书箱的时候又两样了。那时还不过捣乱,这回却变了毁坏。他先将鱼肝油的纸匣撕碎,掷在地板上,还用铁签在蒋径三[4]君送我的装着含有荔枝香味的茶叶的瓶上钻了一个洞。一面钻,一面四顾,在桌上见了一把小刀。这是在北京时用十几个铜子从白塔寺买来,带到广州,这回削过杨桃的。事后一量,连柄长华尺五寸三分。然而据说是犯了罪了。

"这是凶器,你犯罪的。"他拿起小刀来,指着向我说。

我不答话,他便放下小刀,将盐煮花生的纸包用指头挖了一个洞。接着又拿起一盒蚊烟香。

"这是什么?"

"蚊烟香。盒子上不写着么?"我说。

"不是。这有些古怪。"

他于是抽出一枝来,嗅着。后来不知如何,因为这一位同胞已经搜完衣箱,我须去开第二只了。这时却使我非常为难,那第二只里并不是衣服或书籍,是极其零碎的东西:照片,钞本,自己的译稿,别人的文稿,剪存的报章,研究的资料……。

我想，倘一毁坏或搅乱，那损失可太大了。而同胞这时忽又去看了一回手巾包。我于是大悟，决心拿起手巾包里十元整封的角子，给他看了一看。他回头向门外一望，然后伸手接过去，在第二只箱上画了一个查讫的记号，走向那一位同胞去。大约打了一个暗号罢，——然而奇怪，他并不将钱带走，却塞在我的枕头下，自己出去了。

这时那一位同胞正在用他的铁签，恶狠狠地刺入一个装着饼类的坛子的封口去。我以为他一听到暗号，就要中止了。而孰知不然。他仍然继续工作，挖开封口，将盖着的一片木板摔在地板上，碎为两片，然后取出一个饼，捏了一捏，掷入坛中，这才也扬长而去了。

天下太平。我坐在烟尘陡乱，乱七八糟的小房里，悟出我的两位同胞开手的捣乱，倒并不是恶意。即使议价，也须在小小乱七八糟之后，这是所以"掩人耳目"的，犹言如此凌乱，可见已经检查过。王独清先生不云乎？同胞之外，是还有一位高鼻子，白皮肤的主人翁的。当收款之际，先看门外者大约就为此。但我一直没有看见这一位主人翁。

后来的毁坏，却很有一点恶意了。然而也许倒要怪我自己不肯拿出钞票去，只给银角子。银角子放在制服的口袋里，沉垫垫地，确是易为主人翁所发见的，所以只得暂且放在枕头下。我想，他大概须待公事办毕，这才再来收账罢。

皮鞋声橐橐地自远而近，停在我的房外了，我看时，是一个白人，颇胖，大概便是两位同胞的主人翁了。

"查过了？"他笑嘻嘻地问我。

145

的确是的,主人翁的口吻。但是,一目了然,何必问呢?或者因为看见我的行李特别乱七八糟,在慰安我,或在嘲弄我罢。

他从房外拾起一张《大陆报》[5]附送的图画,本来包着什物,由同胞撕下来抛出去的,倚在壁上看了一回,就又慢慢地走过去了。

我想,主人翁已经走过,"查关"该已收场了,于是先将第一只衣箱整理,捆好。

不料还是不行。一个同胞又来了,叫我"打开来",他要查。接着是这样的问答——

"他已经看过了。"我说。

"没有看过。没有打开过。打开来!"

"我刚刚捆好的。"

"我不信。打开来!"

"这里不画着查过的符号么?"

"那么,你给了钱了罢? 你用贿赂……"

"……"

"你给了多少钱?"

"你去问你的一伙去。"

他去了。不久,那一个又忙忙走来,从枕头下取了钱,此后便不再看见,——真正天下太平。

我才又慢慢地收拾那行李。只见桌子上聚集着几件东西,是我的一把剪刀,一个开罐头的家伙,还有一把木柄的小刀。大约倘没有那十元小洋,便还要指这为"凶器",加上"古怪"的香,来恐吓我的罢。但那一枝香却不在桌子上。

船一走动,全船反显得更闲静了,茶房和我闲谈,却将这翻箱倒箧的事,归咎于我自己。

"你生得太瘦了,他疑心你是贩雅片的。"他说。

我实在有些愕然。真是人寿有限,"世故"无穷。我一向以为和人们抢饭碗要碰钉子,不要饭碗是无妨的。去年在厦门,才知道吃饭固难,不吃亦殊为"学者"[6]所不悦,得了不守本分的批评。胡须的形状,有国粹和欧式之别,不易处置,我是早经明白的。今年到广州,才又知道虽颜色也难以自由,有人在日报上警告我,叫我的胡子不要变灰色,又不要变红色。[7]至于为人不可太瘦,则到香港才省悟,先前是梦里也未曾想到的。

的确,监督着同胞"查关"的一个西洋人,实在吃得很肥胖。

香港虽只一岛,却活画着中国许多地方现在和将来的小照:中央几位洋主子,手下是若干颂德的"高等华人"和一伙作伥的奴气同胞。此外即全是默默吃苦的"土人",能耐的死在洋场上,耐不住的逃入深山中,苗瑶[8]是我们的前辈。

九月二十九之夜。海上。

*　　　*　　　*

〔1〕 本篇最初发表于1927年11月19日《语丝》周刊第一五五期。

〔2〕 王独清(1898—1940) 陕西西安人,曾留学日、法,创造社成员。他这篇通信发表在《创造月刊》第一卷第七期(1927年7月15日),题为《去雁》,是他在这年五月写给成仿吾、何畏两人的。信末说他

自广州赴上海,经过香港时,一个英国人带着两个中国人上船"查关",翻箱倒箧,并随意打骂旅客,有一个又向他索贿五块钱等事。《创造月刊》,创造社主办的文艺刊物,郁达夫、成仿吾等编辑,1926年3月创刊于上海,1929年1月停刊,共出十八期。

〔3〕 伏园　孙伏园(1894—1966),原名福源,浙江绍兴人。鲁迅任绍兴师范学校校长时的学生,后在北京大学毕业,曾参加新潮社和语丝社,先后任《晨报副刊》、《京报副刊》、武汉《中央日报副刊》编辑。曾与作者同在厦门大学、中山大学任教。著有《伏园游记》、《鲁迅先生二三事》等。

〔4〕 蒋径三(1899—1936)　浙江临海人,当时任中山大学图书馆馆员、历史语言研究所助理员。

〔5〕 《大陆报》　美国人密勒(F. Millard)1911年8月23日在上海创办的英文日报。1926年左右由英国人接办,三十年代初由中国人接办。1948年5月停刊。

〔6〕 "学者"　指顾颉刚等。参看《华盖集续编·海上通信》。

〔7〕 关于胡须的形状,参看《坟·说胡须》。下文说的关于胡须颜色的警告,指当时广州《国民新闻》副刊《新时代》发表的尸一《鲁迅先生在茶楼上》一文,其中说:"把他的胡子研究起来,我的结论是,他会由黑而灰,由灰而白。至于有人希望或恐怕它变成'红胡子',那就非我所敢知的了。"尸一,即梁式(1894—1972),笔名尸一,广东台山人。当时是广州《国民新闻》副刊《新时代》的编辑,抗日战争期间在上海担任汪伪报纸《中华副刊》撰稿人。

〔8〕 苗瑶　我国两个少数民族。他们在古代由长江流域发展至黄河流域,居住于中国中部;后来又逐渐被迫转移至西南、中南一带山区。

革 命 文 学[1]

今年在南方,听得大家叫"革命",正如去年在北方,听得大家叫"讨赤"的一样盛大。

而这"革命"还侵入文艺界里了。

最近,广州的日报上还有一篇文章指示我们,叫我们应该以四位革命文学家为师法:意大利的唐南遮[2],德国的霍普德曼[3],西班牙的伊本纳兹[4],中国的吴稚晖。

两位帝国主义者,一位本国政府的叛徒,一位国民党救护的发起者[5],都应该作为革命文学的师法,于是革命文学便莫名其妙了,因为这实在是至难之业。

于是不得已,世间往往误以两种文学为革命文学:一是在一方的指挥刀的掩护之下,斥骂他的敌手的;[6]一是纸面上写着许多"打,打","杀,杀",或"血,血"的。

如果这是"革命文学",则做"革命文学家",实在是最痛快而安全的事。

从指挥刀下骂出去,从裁判席上骂下去,从官营的报上骂开去,真是伟哉一世之雄,妙在被骂者不敢开口。而又有人说,这不敢开口,又何其怯也?对手无"杀身成仁"[7]之勇,是第二条罪状,斯愈足以显革命文学家之英雄。所可惜者只在这文学并非对于强暴者的革命,而是对于失败者的革命。

唐朝人早就知道,穷措大想做富贵诗,多用些"金""玉""锦""绮"字面,自以为豪华,而不知适见其寒蠢。真会写富贵景象的,有道:"笙歌归院落,灯火下楼台",[8]全不用那些字。"打,打","杀,杀",听去诚然是英勇的,但不过是一面鼓。即使是鼙鼓,倘若前面无敌军,后面无我军,终于不过是一面鼓而已。

　　我以为根本问题是在作者可是一个"革命人",倘是的,则无论写的是什么事件,用的是什么材料,即都是"革命文学"。从喷泉里出来的都是水,从血管里出来的都是血。"赋得革命,五言八韵"[9],是只能骗骗盲试官的。

　　但"革命人"就希有。俄国十月革命时,确曾有许多文人愿为革命尽力。但事实的狂风,终于转得他们手足无措。显明的例是诗人叶遂宁[10]的自杀,还有小说家梭波里[11],他最后的话是:"活不下去了!"

　　在革命时代有大叫"活不下去了"的勇气,才可以做革命文学。

　　叶遂宁和梭波里终于不是革命文学家。为什么呢,因为俄国是实在在革命。革命文学家风起云涌的所在,其实是并没有革命的。

* * *

〔1〕　本篇最初发表于1927年10月21日上海《民众旬刊》第五期。

〔2〕　唐南遮(G. D'Annunzio,1863—1938)　通译邓南遮,意大

利作家。他在第一次世界大战时拥护并参加帝国主义战争,以后又拥护墨索里尼政权,受到法西斯主义党的推崇。其创作主要有剧本《琪珴康陶》,小说《死的胜利》等。

〔3〕 霍普德曼(G. Hauptmann,1862—1946) 德国剧作家。早年写过《日出之前》、《织工》等有一定社会意义的作品。在第一次世界大战期间,他竭力赞助德皇威廉二世的武力政策,并为德军在比利时的暴行辩护。

〔4〕 伊本纳兹(V. Blasco-Ibáñez,1867—1928) 通译伊巴涅兹,西班牙作家、西班牙共和党的领导人。因为反对王党,曾两次被西班牙政府监禁。1923年又被放逐,侨居法国。主要作品有小说《农舍》、《启示录的四骑士》等。

〔5〕 吴稚晖于1927年秉承蒋介石意旨,向国民党中央监察委员会提案,以"救护"国民党为名发起"清党"。参看本书第59页注〔18〕。

〔6〕 这里说的指挥刀下的"革命文学",指当时一些国民党文人发起的反共文学。如1927年间在广州出现的所谓"革命文学社",出版《这样做》旬刊,第二期刊登的《革命文学社章程》中就有"本社集合纯粹中国国民党党员,提倡革命文学……从事本党的革命运动"等语。

〔7〕 "杀身成仁" 语出《论语·卫灵公》:"子曰:'志士仁人,无求生以害仁,有杀身以成仁。'"

〔8〕 "笙歌归院落"二句,见唐代白居易所作《宴散》一诗。宋代欧阳修《归田录》卷二说:"晏元献公喜评诗。尝曰:'老觉腰金重,慵便枕玉凉。'未是富贵语,不如'笙歌归院落,灯火下楼台'。此善言富贵者也。人皆以为知言。"

〔9〕 "赋得革命,五言八韵" 科举时代的试帖诗,大都用古人的诗句或成语,冠以"赋得"二字,以作诗题。清朝又规定每首为五言八韵,即五字一句,十六句一首,二句一韵。这里指那些只有革命口号,空

151

洞无物的作品。

〔10〕 叶遂宁（С.А.Есенин,1895—1925） 通译叶赛宁,苏联诗人。以描写宗法制度下农村田园生活的抒情诗著称。十月革命时曾向往革命,写过一些赞扬革命的诗,如《苏维埃俄罗斯》等。但革命后陷入苦闷,于1925年12月自杀。

〔11〕 梭波里（А.М.Соболь,1888—1926） 苏联作家。他在十月革命之后曾接近革命,但终因不满于当时的现实而自杀。主要作品有长篇小说《尘土》、短篇小说集《樱桃开花的时候》等。

《尘影》题辞[1]

在我自己,觉得中国现在是一个进向大时代的时代。但这所谓大,并不一定指可以由此得生,而也可以由此得死。

许多为爱的献身者,已经由此得死。在其先,玩着意中而且意外的血的游戏,以愉快和满意,以及单是好看和热闹,赠给身在局内而旁观的人们;但同时也给若干人以重压。

这重压除去的时候,不是死,就是生。这才是大时代。

在异性中看见爱,在百合花中看见天堂,在拾煤渣的老妇人的魂灵中看见拜金主义[2],世界现在常为受机关枪拥护的仁义所治理,在此时此地听到这样的消息,我委实身心舒服,如喝好酒。然而《尘影》[3]所赍来的,却是重压。

现在的文艺,是往往给人不舒服的,没有法子。要不然,只好使自己逃出文艺,或者从文艺推出人生。

谁更为仁义和钞票写照,为三道血的"难看"传神呢?[4]我看见一篇《尘影》,它的愉快和重压留与各色的人们。

然而在结末的"尘影"中却又给我喝了一口好酒。

他将小宝留下,不告诉我们后来是得死,还是得生。[5]作者不愿意使我们太受重压罢。但这是好的,因为我觉得中国现在是进向大时代的时代。

一九二七年十二月七日,鲁迅记于上海。

※　　※　　※

〔1〕 本篇最初印入1927年12月上海开明书店出版的《尘影》一书，题为《〈尘影〉序言》，稍后又刊载于1928年1月1日上海《文学周报》第二九七期。

〔2〕 在拾煤渣的老妇人的魂灵中看见拜金主义　这是针对胡适"提倡拜金主义"的文章而说的。该文说："美国人因为崇拜大拉（按"大拉"是英语dollar的音译，意思是"元"，后泛指金钱），所以已经做到了真正'夜不闭户，路不拾遗'的理想境界了。……我们不配骂人崇拜大拉；请回头看看我们自己崇拜的是什么？一个老太婆，背着一只竹箩，拿着一根铁杆，天天到弄堂里去扒垃圾堆，去寻那垃圾堆里一个半个没有烧完的煤球，一寸两寸稀烂奇脏的破布。——这些人崇拜的是什么！"（据1927年11月《语丝》周刊第一五六期《随看录三》）

〔3〕 《尘影》　中篇小说，黎锦明作。它描写1927年蒋介石国民党"清党"政变前后南方一个小县城的局势。这个小县城在大革命中成立"县执行委员会"和"农工纠察队"，斗争地主豪绅；但在国民党发动政变时，当地土豪和各色反共人物，与国民党军官相勾结，对革命力量突施袭击，屠杀了许多革命者和工农群众。黎锦明，参看本书第92页注〔8〕。

〔4〕 《尘影》中有这样的描写：大土豪刘百岁被捕，群众要求将他处死。他的儿子用几千元向混进县党部当委员的旧官僚韩秉猷行贿求救。韩受贿后宴请同党商议，说是"人家为孝道，我就为仁义"，最后商定将刘百岁放出。"三道血"是书中主要人物县执行委员会主席、革命者熊履堂在时局逆转后被杀头时所溅的血；"难看"是旁观者的议论。

〔5〕 《尘影》最末一章描写熊履堂被杀时，他的儿子小宝正从幼稚园放学出来，唱着"打倒列强、除军阀"的歌曲，但未叙明后来结果如何。

当陶元庆君的绘画展览时[1]

我所要说的几句话

陶元庆[2]君绘画的展览,我在北京所见的是第一回。记得那时曾经说过这样意思的话[3]:他以新的形,尤其是新的色来写出他自己的世界,而其中仍有中国向来的魂灵——要字面免得流于玄虚,则就是:民族性。

我觉得我的话在上海也没有改正的必要。

中国现今的一部分人,确是很有些苦闷。我想,这是古国的青年的迟暮之感。世界的时代思潮早已六面袭来,而自己还拘禁在三千年陈的桎梏里。于是觉醒,挣扎,反叛,要出而参与世界的事业——我要范围说得小一点:文艺之业。倘使中国之在世界上不算在错,则这样的情形我以为也是对的。

然而现在外面的许多艺术界中人,已经对于自然反叛,将自然割裂,改造了。而文艺史界中人,则舍了用惯的向来以为是"永久"的旧尺,另以各时代各民族的固有的尺,来量各时代民族的艺术,于是向埃及坟中的绘画赞叹,对黑人刀柄上的雕刻点头,这往往使我们误解,以为要再回到旧日的桎梏里。而新艺术家们勇猛的反叛,则震惊我们的耳目,又往往不能不感服。但是,我们是迟暮了,并未参与过先前的事业,于是有时就不过敬谨接收,又成了一种可敬的身外的新桎梏。

陶元庆君的绘画，是没有这两重桎梏的。就因为内外两面，都和世界的时代思潮合流，而又并未梏亡中国的民族性。

我于艺术界的事知道得极少，关于文字的事较为留心些。就如白话，从中，更就世所谓"欧化语体"来说罢。有人斥道：你用这样的语体，可惜皮肤不白，鼻梁不高呀！诚然，这教训是严厉的。但是，皮肤一白，鼻梁一高，他用的大概是欧文，不是欧化语体了。正唯其皮不白，鼻不高而偏要"的呵吗呢"，并且一句里用许多的"的"字，这才是为世诟病的今日的中国的我辈。

但我并非将欧化文来比拟陶元庆君的绘画。意思只在说：他并非"之乎者也"，因为用的是新的形和新的色；而又不是"Yes""No"，因为他究竟是中国人。所以，用密达尺[4]来量，是不对的，但也不能用什么汉朝的虑俿尺[5]或清朝的营造尺[6]，因为他又已经是现今的人。我想，必须用存在于现今想要参与世界上的事业的中国人的心里的尺来量，这才懂得他的艺术。

一九二七年十二月十三日，鲁迅于上海记。

* * *

〔1〕 本篇最初发表于1927年12月19日上海《时事新报》副刊《青光》。

〔2〕 陶元庆（1893—1929） 字璇卿，浙江绍兴人，美术家。曾任浙江台州第六中学、上海立达学园、杭州美术专科学校教员。鲁迅前期著译《彷徨》、《朝花夕拾》、《坟》、《苦闷的象征》等书的封面都由他

作画。

〔3〕 作者在陶元庆第一回绘画展览时所说的话,即1925年3月16日所作的《"陶元庆氏西洋绘画展览会目录"序》(收入《集外集拾遗》)。

〔4〕 密达尺 法国长度单位 Metre 的音译,一译米突。后来为大多数国家所采用,通称为"米"。

〔5〕 虑俿尺 东汉章帝建初六年(81)所造的一种铜尺。

〔6〕 营造尺 清朝工部营造工程中所用的尺子,也称"部尺",当时用作标准的长度单位。

卢梭和胃口[1]

做过《民约论》的卢梭[2]，自从他还未死掉的时候起，便受人们的责备和迫害，直到现在，责备终于没有完。连在和"民约"没有什么关系的中华民国，也难免这一幕了。

例如商务印书馆出版的《爱弥尔》[3]中文译本的序文上，就说——

"……本书的第五编即女子教育，他的主张非但不彻底，而且不承认女子的人格，与前四编的尊重人类相矛盾。……所以在今日看来，他对于人类正当的主张，可说只树得一半……。"

然而复旦大学出版的《复旦旬刊》创刊号上梁实秋[4]教授的意思，却"稍微有点不同"了。其实岂但"稍微"而已耶，乃是"卢梭论教育，无一是处，唯其论女子教育，的确精当。"因为那是"根据于男女的性质与体格的差别而来"的。而近代生物学和心理学研究的结果，又证明着天下没有两个人是无差别。怎样的人就该施以怎样的教育。[5]所以，梁先生说——

"我觉得'人'字根本的该从字典里永远注销，或由政府下令永禁行使。因为'人'字的意义太糊涂了。聪明绝顶的人，我们叫他做人，蠢笨如牛的人，也一样的叫做人，弱不禁风的女子，叫做人，粗横强大的男人，也叫做人，人里面的三流九等，无一非人。近代的德谟克拉西的思想，平等的观念，其起源即由于不承认人类的差别。近代所谓的男女平等运动，其起源即由于不承认男女的差别。人格是一个抽象名词，是一个人的身心各方面的特点的总和。人的身心各方面的特点既有差别，实即人格上亦有差别。所谓侮辱人格的，即是不承认一个人特有的人格，卢梭承认女子有女子的人格，所以卢梭正是尊重女子的人格。抹杀女子所特有之特性者，才是侮辱女子人格。"

于是势必至于得到这样的结论——

"……正当的女子教育应该是使女子成为完全的女子。"

那么，所谓正当的教育者，也应该是使"弱不禁风"者，成为完全的"弱不禁风"，"蠢笨如牛"者，成为完全的"蠢笨如牛"，这才免于侮辱各人——此字在未经从字典里永远注销，政府下令永禁行使之前，暂且使用——的人格了。卢梭《爱弥尔》前四编的主张不这样，其"无一是处"，于是可以算无疑。

但这所谓"无一是处"者，也只是对于"聪明绝顶的人"而言；在"蠢笨如牛的人"，却是"正当"的教育。因为看了这样的议论，可以使他更渐近于完全"蠢笨如牛"。这也就是尊重他的人格。

然而这种议论还是不会完结的。为什么呢？一者，因为即使知道说"自然的不平等"[6],而不容易明白真"自然"和"因积渐的人为而似自然"之分。二者,因为凡有学说,往往"合吾人之胃口者则容纳之,且从而宣扬之"[7]也。

上海一隅,前二年大谈亚诺德[8],今年大谈白璧德[9],恐怕也就是胃口之故罢。

许多问题大抵发生于"胃口",胃口的差别,也正如"人"字一样的——其实这两字也应该呈请政府"下令永禁行使"。我且抄一段同是美国的 Upton Sinclair[10] 的,以尊重另一种人格罢——

"无论在那一个卢梭的批评家,都有首先应该解决的唯一的问题。为什么你和他吵闹的?要为他的到达点的那自由,平等,调协开路么?还是因为畏惧卢梭所发向世界上的新思想和新感情的激流呢?使对于他取了为父之劳的个人主义运动的全体怀疑,将我们带到子女服从父母,奴隶服从主人,妻子服从丈夫,臣民服从教皇和皇帝,大学生毫不发生疑问,而佩服教授的讲义的善良的古代去,乃是你的目的么?

"阿巍夫人曰:'最后的一句,好像是对于白璧德教授的一箭似的。'

"'奇怪呀,'她的丈夫说。'斯人也而有斯姓也……那一定是上帝的审判了。'"

不知道和原意可有错误,因为我是从日本文重译的。书的原名是《Mammonart》,在 California 的 Pasadena 作者自己出版,胃口相近的人们自己弄来看去罢。Mammon[11] 是希腊神话里的财神，art谁都知道是艺术。可以译作"财神艺术"罢。日本的译名是"拜金艺术"，也行。因为这一个字是作者生造的，政府既没有下令颁行，字典里也大概未曾注入，所以姑且在这里加一点解释。

十二，二一。

＊　　＊　　＊

〔1〕 本篇最初发表于1928年1月7日《语丝》周刊第四卷第四期。

〔2〕 卢梭（J. J. Rousseau，1712—1778） 法国启蒙思想家。他的主要著作《民约论》（1762年出版），提出"天赋人权"学说，抨击封建专制制度，在十八世纪欧洲资产阶级民主革命时期影响很大。他因此备受僧侣和贵族的迫害，以致不得不避居瑞士和英国。

〔3〕 《爱弥尔》 通译《爱弥儿》，卢梭所著的教育小说，1762年出版。在前四篇关于主要人物爱弥儿的描述中，作者认为人类在"自然状态"下是平等的，应尊重人的自然发展。但第五篇叙述对莎菲亚的教育时，作者又认为"人既有差别，人格遂亦有差别，女子有女子的人格。"由于此书反封建、反宗教色彩浓厚，出版后曾被巴黎议会议决焚毁。中文本系魏肇基所译，1923年6月商务印书馆出版，序文为译者所作。

〔4〕 梁实秋（1902—1987） 浙江杭县（今属余杭）人，作家、翻译家，新月社的重要成员。曾留学美国，是美国新人文主义者白璧德的学生。回国后曾任暨南大学、复旦大学等校教授。他的《卢梭论女子教育》一文，原发表于1926年12月15日《晨报副刊》，后略加修改，重新刊载于1927年11月《复旦旬刊》创刊号。他认为卢梭关于女子教育的意见，"实足矫正近年来男女平等的学说"。

〔5〕 梁实秋在《卢梭论女子教育》中说："近代生物学和心理学研究的结果，证明不但男子和女人是有差别的，就是男子和男子，女人和女人，又有差别。简而言之，天下就没有两个人是无差别的。什么样的人应该施以什么样的教育。"

〔6〕 "自然的不平等" 卢梭在《论人类不平等的起源和基础》（1762年出版）中说："人类中有两种不平等：一种，我把它叫做自然的或生理上的不平等，因为它是基于自然，由年龄、健康、体力及智慧或心灵的性质的不同而产生的；另一种可以称为精神上的或政治上的不平等，因为它是起因于一种协议，由于人们的同意而设定的，或者至少是它的存在为大家所认可的。"（据李常山译本，1926年商务印书馆出版。）

〔7〕 "合吾人之胃口者则容纳之"二句，是梁实秋《卢梭论女子教育》中的话。

〔8〕 亚诺德（M. Arnold，1822—1888） 通译阿诺德，英国诗人、文艺批评家。牛津大学教授。梁实秋在所著《文学批评辩》、《文学的纪律》等文里常引用他的意见。

〔9〕 白璧德（I. Babbitt，1865—1933） 美国近代"新人文主义"运动的领导者之一，哈佛大学教授。他在《卢骚及浪漫主义》一书中，对卢梭多有攻击。梁实秋说卢梭"无一是处"，便是依据他的意见而来。

〔10〕 Upton Sinclair 阿通·辛克莱（1878—1968），美国小说家。下文的《Mammonart》，即《拜金艺术》，辛克莱的一部用经济的观点解释历史上各时代的文艺的专著，1925年出版。California的Pasadena，即加利福尼亚州的帕萨第那城。按引文中的阿嚘是该书中一个原始时代的艺术家的名字。这里的引文是根据木村生死的日文译本《拜金艺术》（1927年东京金星堂出版）重译。

〔11〕 Mammon 这个词来源于古代西亚的阿拉米语，经过希腊语

移植到近代西欧各国语言中,指财富或财神,后转义为好利贪财的恶魔。古希腊神话中的财神是普路托斯(Ploutos)。

文学和出汗[1]

上海的教授对人讲文学,以为文学当描写永远不变的人性,否则便不久长[2]。例如英国,莎士比亚[3]和别的一两个人所写的是永久不变的人性,所以至今流传,其余的不这样,就都消灭了云。

这真是所谓"你不说我倒还明白,你越说我越胡涂"了。英国有许多先前的文章不流传,我想,这是总会有的,但竟没有想到它们的消灭,乃因为不写永久不变的人性。现在既然知道了这一层,却更不解它们既已消灭,现在的教授何从看见,却居然断定它们所写的都不是永久不变的人性了。

只要流传的便是好文学,只要消灭的便是坏文学;抢得天下的便是王,抢不到天下的便是贼。莫非中国式的历史论,也将沟通了中国人的文学论欤?

而且,人性是永久不变的么?

类人猿,类猿人,原人,古人,今人,未来的人,……如果生物真会进化,人性就不能永久不变。不说类猿人,就是原人的脾气,我们大约就很难猜得着的,则我们的脾气,恐怕未来的人也未必会明白。要写永久不变的人性,实在难哪。

譬如出汗罢,我想,似乎于古有之,于今也有,将来一定暂时也还有,该可以算得较为"永久不变的人性"了。然而"弱不禁风"的小姐出的是香汗,"蠢笨如牛"的工人出的是臭汗。不知道倘要做长留世上的文字,要充长留世上的文学家,是描写香汗好呢,还是描写臭汗好？这问题倘不先行解决,则在将来文学史上的位置,委实是"岌岌乎殆哉"[4]。

听说,例如英国,那小说,先前是大抵写给太太小姐们看的,其中自然是香汗多；到十九世纪后半,受了俄国文学的影响,就很有些臭汗气了。那一种的命长,现在似乎还在不可知之数。

在中国,从道士听论道,从批评家听谈文,都令人毛孔痉挛,汗不敢出[5]。然而这也许倒是中国的"永久不变的人性"罢。

二七,一二,二三。

* * *

〔1〕 本篇最初发表于1928年1月14日《语丝》周刊第四卷第五期。

〔2〕 指梁实秋。他在1926年10月27、28日《晨报副刊》发表的《文学批评辩》一文中说："物质的状态是变动的,人生的态度是歧异的；但人性的质素是普遍的,文学的品味是固定的。所以伟大的文学作品能禁得起时代和地域的试验。《依里亚德》在今天尚有人读,莎士比亚的戏剧在今天尚有人演,因为普遍的人性是一切伟大的作品之基础。""人性论"是梁实秋在1927年前后数年间所写的文艺批评的根本思想。

〔3〕 莎士比亚（W. Shakespeare,1564—1616） 英国戏剧家、诗人,欧洲文艺复兴时期文学上的主要代表人物之一。作品有《仲夏夜之梦》、《罗密欧与朱丽叶》、《哈姆雷特》等戏剧三十七种及十四行诗等。

〔4〕 "岌岌乎殆哉" 语出《孟子·万章（上）》："天下殆哉,岌

岌乎!"孔子语,危险不安的意思。

〔5〕 汗不敢出　语出《世说新语·言语》:"战战栗栗,汗不敢出。"

文艺和革命[1]

欢喜维持文艺的人们,每在革命地方,便爱说"文艺是革命的先驱"。

我觉得这很可疑。或者外国是如此的罢;中国自有其特别国情[2],应该在例外。现在妄加编排,以质同志——

1,革命军。　先要有军,才能革命,凡已经革命的地方,都是军队先到的:这是先驱。大军官们也许到得迟一点,但自然也是先驱,无须多说。

(这之前,有时恐怕也有青年潜入宣传,工人起来暗助,但这些人们大抵已经死掉,或则无从查考了,置之不论。)

2,人民代表。　军官们一到,便有人民代表群集车站欢迎,手执国旗,嘴喊口号,"革命空气,非常浓厚":这是第二先驱。

3,文学家。　于是什么革命文学,民众文学,同情文学[3],飞腾文学都出来了,伟大光明的名称的期刊也出来了,来指导青年的:这是——可惜得很,但也不要紧——第三先驱。

外国是革命军兴以前,就有被迫出国的卢梭,流放极边的珂罗连珂[4]……。

好了。倘若硬要乐观,也可以了。因为我们常听到所谓文学家将要出国的消息,看见新闻上的记载,广告;看见诗;看见文。虽然尚未动身,却也给我们一种"将来学成归国,了不得呀!"的豫感,——希望是谁都愿意有的。

十二月二十四夜零点一分五秒。

* * *

〔1〕 本篇最初发表于1928年1月28日《语丝》周刊第四卷第七期。

〔2〕 "特别国情" 这是1915年袁世凯阴谋复辟帝制时,他的宪法顾问美国人古德诺散布的一种谬论。古德诺在该年8月10日的北京《亚细亚日报》发表《共和与君主论》一文,声称中国自有"特别国情","民智卑下之国,最难于建立共和",应恢复君主政体,为袁世凯称帝制造舆论。

〔3〕 同情文学 1927年春,孔圣裔、冯金高等在广州《民国日报》副刊《现代青年》上连续发表背叛共产党的"忏悔"的诗文,并对他们的叛变行为互表"同情";3月间,谢立猷又在《现代青年》上发表《谈谈革命文艺》、《革命与文艺》等文章,称文艺"是人类同情的呼声","人类同情的应感"等等。所谓"同情文学",当指这类文字。

〔4〕 珂罗连珂(В. Г. Короленко,1853—1921) 通译柯罗连科,俄国作家。曾因参加革命活动,被流放西伯利亚六年。著有中篇小说《盲音乐家》、文学回忆录《我的同时代人的故事》等。

谈所谓"大内档案"[1]

所谓"大内档案"[2]这东西,在清朝的内阁里积存了三百多年,在孔庙里塞了十多年,谁也一声不响。自从历史博物馆将这残余卖给纸铺子,纸铺子转卖给罗振玉[3],罗振玉转卖给日本人,于是乎大有号咷之声,仿佛国宝已失,国脉随之似的。前几年,我也曾见过几个人的议论,所记得的一个是金梁,登在《东方杂志》[4]上;还有罗振玉和王国维[5],随时发感慨。最近的是《北新半月刊》上的《论档案的售出》,蒋彝潜[6]先生做的。

我觉得他们的议论都不大确。金梁,本是杭州的驻防旗人,早先主张排汉的,民国以来,便算是遗老了,凡有民国所做的事,他自然都以为很可恶。罗振玉呢,也算是遗老,曾经立誓不见国门,而后来仆仆京津间,痛责后生不好古,而偏将古董卖给外国人的,只要看他的题跋,大抵有"广告"气扑鼻,便知道"于意云何"了。独有王国维已经在水里将遗老生活结束,是老实人;但他的感喟,却往往和罗振玉一鼻孔出气,虽然所出的气,有真假之分。所以他被弄成夹广告的 Sandwich[7],是常有的事,因为他老实到像火腿一般。蒋先生是例外,我看并非遗老,只因为 Sentimental[8] 一点,所以受了罗振玉辈的骗了。你想,他要将这卖给日本人,肯说这不是宝贝的么？

那么，这不是好东西么？不好，怎么你也要买，我也要买呢？我想，这是谁也要发的质问。

答曰：唯唯，否否。这正如败落大户家里的一堆废纸，说好也行，说无用也行的。因为是废纸，所以无用；因为是败落大户家里的，所以也许夹些好东西。况且这所谓好与不好，也因人的看法而不同，我的寓所近旁的一个垃圾箱，里面都是住户所弃的无用的东西，但我看见早上总有几个背着竹篮的人，从那里面一片一片，一块一块，检了什么东西去了，还有用。更何况现在的时候，皇帝也还尊贵，只要在"大内"里放几天，或者带一个"宫"字，就容易使人另眼相看的，这真是说也不信，虽然在民国。

"大内档案"也者，据深通"国朝"[9]掌故的罗遗老说，是他的"国朝"时堆在内阁里的乱纸，大家主张焚弃，经他力争，这才保留下来的。但到他的"国朝"退位，民国元年我到北京的时候，它们已经被装为八千（？）麻袋，塞在孔庙之中的敬一亭里了，的确满满地埋满了大半亭子。其时孔庙里设了一个历史博物馆筹备处，处长是胡玉缙[10]先生。"筹备处"云者，即里面并无"历史博物"的意思。

我却在教育部，因此也就和麻袋们发生了一点关系，眼见它们的升沉隐显。可气可笑的事是有的，但多是小玩意；后来看见外面的议论说得天花乱坠起来，也颇想做几句记事，叙出我所目睹的情节。可是胆子小，因为牵涉着的阔人很有几个，没有敢动笔。这是我的"世故"，在中国做人，骂民族，骂国家,骂社会,骂团体,……都可以的,但不可涉及个人,有名有姓。广州的一种期刊上说我只打叭儿狗,不骂军阀。殊不知我正因为骂了叭儿狗,这才有逃出北京的运命。泛骂军阀,谁来管呢?军阀是不看杂志的,就靠叭儿狗嗅,候补叭儿狗吠。阿,说下去又不好了,赶快带住。

现在是寓在南方,大约不妨说几句了,这些事情,将来恐怕也未必另外有人说。但我对于有关面子的人物,仍然都不用真姓名,将罗马字来替代。既非欧化,也不是"隐恶扬善",只不过"远害全身"。这也是我的"世故",不要以为自己在南方,他们在北方,或者不知所在,就小觑他们。他们是突然会在你眼前阔起来的,真是神奇得很。这时候,恐怕就会死得连自己也莫明其妙了。所以要稳当,最好是不说。但我现在来"折衷",既非不说,而不尽说,而代以罗马字,——如果这样还不妥,那么,也只好听天由命了。上帝安我魂灵!

却说这些麻袋们躺在敬一亭里,就很令历史博物馆筹备处长胡玉缙先生担忧,日夜提防工役们放火。为什么呢?这事谈起来可有些繁复了。弄些所谓"国学"的人大概都知道,胡先生原是南菁书院[11]的高材生,不但深研旧学,并且博识前朝掌故的。他知道清朝武英殿里藏过一副铜活字,后来太监们你也偷,我也偷,偷得"不亦乐乎",待到王爷们似乎要来查考的时候,就放了一把火。自然,连武英殿也没有了,更何况铜活字的多少。而不幸敬一亭中的麻袋,也仿佛常常减少,工役们不是国学家,所以他将内容的宝贝倒在地上,单拿麻袋去卖钱。胡先生因此想到武英殿失火的故事,深怕麻袋缺得多了之后，敬一亭也照例烧起来；就到教育部去商议一个迁移，或整理，或销毁的办法。

专管这一类事情的是社会教育司，然而司长是夏曾佑[12]先生。弄些什么"国学"的人大概也都知道的，我们不必看他另外的论文，只要看他所编的两本《中国历史教科书》，就知道他看中国人有怎地清楚。他是知道中国的一切事万不可"办"的；即如档案罢，任其自然，烂掉，霉掉，蛀掉，偷掉，甚而至于烧掉，倒是天下太平；倘一加人为，一"办"，那就舆论沸腾，不可开交了。结果是办事的人成为众矢之的，谣言和逸谤，百口也分不清。所以他的主张是"这个东西万万动不得"。

这两位熟于掌故的"要办"和"不办"的老先生，从此都知道各人的意思，说说笑笑，……但竟拖延下去了。于是麻袋们又安稳地躺了十来年。

这回是F先生[13]来做教育总长了，他是藏书和"考古"的名人。我想，他一定听到了什么谣言，以为麻袋里定有好的宋版书——"海内孤本"。这一类谣言是常有的，我早先还听得人说，其中且有什么妃的绣鞋和什么王的头骨哩。有一天，他就发一个命令，教我和G主事[14]试看麻袋。即日搬了二十个到西花厅，我们俩在尘埃中看宝贝，大抵是贺表，黄绫封，要说好是也可以说好的，但太多了，倒觉得不希奇。还有奏章，小刑名案子居多，文字是半满半汉，只有几个是也特别的，但满眼都是了，也觉得讨厌。殿试[15]卷是一本也没有；另有几箱，原在教育部，不过都是二三甲的卷子，听说名次高一点的在清朝便已被人偷去了,何况乎状元。至于宋版书呢,有是有的,或则破烂的半本,或是撕破的几张。也有清初的黄榜,也有实录[16]的稿本。朝鲜的贺正表,我记得也发见过一张。

我们后来又看了两天,麻袋的数目,记不清楚了,但奇怪,这时以考察欧美教育驰誉的 Y 次长[17],以讲大话出名的 C 参事[18],忽然都变为考古家了。他们和 F 总长,都"念兹在兹"[19],在尘埃中间和破纸旁边离不开。凡有我们检起在桌上的,他们总要拿进去,说是去看看。等到送还的时候,往往比原先要少一点,上帝在上,那倒是真的。

大约是几叶宋版书作怪罢,F 总长要大举整理了,另派了部员几十人,我倒幸而不在内。其时历史博物馆筹备处已经迁在午门,处长早换了 YT[20];麻袋们便在午门上被整理。YT 是一个旗人,京腔说得极漂亮,文字从来不谈的,但是,奇怪之至,他竟也忽然变成考古家了,对于此道津津有味。后来还珍藏着一本宋版的什么《司马法》[21],可惜缺了角,但已经都用古色纸补了起来。

那时的整理法我不大记得了,要之,是分为"保存"和"放弃",即"有用"和"无用"的两部分。从此几十个部员,即天天在尘埃和破纸中出没,渐渐完工——出没了多少天,我也记不清楚了。"保存"的一部分,后来给北京大学又分了一大部分去。其余的仍藏博物馆。不要的呢,当时是散放在午门的门楼上。

那么,这些不要的东西,应该可以销毁了罢,免得失火。不,据"高等做官教科书"所指示,不能如此草草的。派部员几十人办理，虽说倘有后患，即应由他们负责，和总长无干。但究竟还只一部，外面说起话来，指摘的还是某部，而非某部的某某人。既然只是"部"，就又不能和总长无干了。

于是办公事，请各部都派员会同再行检查。这宗公事是灵的，不到两星期，各部都派来了，从两个至四个，其中很多的是新从外洋回来的留学生，还穿着崭新的洋服。于是济济跄跄，又在灰土和废纸之间钻来钻去。但是，说也奇怪，好几个崭新的留学生又都忽然变了考古家了，将破烂的纸张，绢片，塞到洋裤袋里——但这是传闻之词，我没有目睹。

这一种仪式既经举行，即倘有后患，各部都该负责，不能超然物外，说风凉话了。从此午门楼上的空气，便再没有先前一般紧张，只见一大群破纸寂寞地铺在地面上，时有一二工役，手执长木棍，搅着，拾取些黄绫表签和别的他们所要的东西。

那么，这些不要的东西，应该可以销毁了罢，免得失火。不。F总长是深通"高等做官学"的，他知道万不可烧，一烧必至于变成宝贝，正如人们一死，讣文上即都是第一等好人一般。况且他的主义本来并不在避火，所以他便不管了，接着，他也就"下野"了。

这些废纸从此便又没有人再提起，直到历史博物馆自行卖掉之后，才又掀起了一阵神秘的风波。

我的话实在也未免有些煞风景，近乎说，这残余的废纸里，已没有什么宝贝似的。那么，外面惊心动魄的什么唐画呀，蜀石经[22]呀，宋版书呀，何从而来的呢？我想，这也是别人必发的质问。

我想,那是这样的。残余的破纸里,大约总不免有所谓东西留遗,但未必会有蜀刻和宋版,因为这正是大家所注意搜索的。现在好东西的层出不穷者,一,是因为阔人先前陆续偷去的东西,本不敢示人,现在却得了可以发表的机会;二,是许多假造的古董,都挂了出于八千麻袋中的招牌而上市了。

还有,蒋先生以为国立图书馆"五六年来一直到此刻,每次战争的胜来败去总得糟蹋得很多。"那可也不然的。从元年到十五年,每次战争,图书馆从未遭过损失。只当袁世凯称帝时,曾经几乎遭一个皇室中人攘夺,然而幸免了。它的厄运,是在好书被有权者用相似的本子来掉换,年深月久,弄得面目全非,但我不想在这里多说了。

中国公共的东西,实在不容易保存。如果当局者是外行,他便将东西糟完,倘是内行,他便将东西偷完。而其实也并不单是对于书籍或古董。

一九二七,一二,二四。

＊　　＊　　＊

〔1〕 本篇最初发表于1928年1月28日《语丝》周刊第四卷第七期。

〔2〕 "大内档案" 指清朝存放于内阁大库内的诏令、奏章、朱谕、则例、外国的表章、历科殿试的卷子以及其他文件。内容庞杂,是有关清朝历史的原始资料。

〔3〕 罗振玉(1866—1940) 字叔蕴,号雪堂,浙江上虞人,金石

学家。清末曾任学部参事官等职,辛亥革命后,长期从事复辟清室的活动;九一八事变后,任伪"满洲国"监察院院长。所著《雪堂校刊群书叙录》,共二卷,1918年出版。辛亥革命以后,他曾在文章中咒骂武昌起义为"盗起湖北",自称"不忍见国门";但他后来寓居天津,仍往来京津,常到故宫"朝见"废帝溥仪,并与一班遗老和日本帝国主义分子进行复辟的阴谋活动。1922年春,历史博物馆将大内档案残余卖给北京同懋增纸店,售价四千元;其后又由罗振玉以一万二千元买得;1927年9月,罗振玉又将它卖给日本人松崎。

〔4〕 金梁(1878—1962) 字息侯,驻防杭州的汉军旗人。清光绪进士,曾任京师大学堂提调、奉天新民府知府。民国后是坚持复辟的顽固分子。这里是指他在《东方杂志》第二十卷第四号(1923年2月25日)发表的《内阁大库档案访求记》一文。《东方杂志》,综合性刊物,商务印书馆出版,1904年3月在上海创刊,1948年12月停刊,共出四十四卷。

〔5〕 王国维(1877—1927) 字静安,号观堂,浙江海宁人,近代学者。早年留学日本,曾任学部图书局协修。著有《宋元戏曲史》、《观堂集林》、《人间词话》等。他一生和罗振玉的关系密切,在罗的影响下,受清废帝溥仪的征召,任所谓清宫"南书房行走"。后于1927年6月在北京颐和园昆明湖投水自杀。

〔6〕 蒋彝潜 事迹不详。他的《论档案的售出》一文,载1927年11月1日《北新》半月刊第二卷第一号。

〔7〕 Sandwich 英语:夹肉面包片,音译三明治。

〔8〕 Sentimental 英语:感伤的。按蒋彝潜的文章中充满"追悼"、"痛哭"、"去了!东渡!——一部清朝全史!"等语句。

〔9〕 "国朝" 封建时代臣民称本朝为"国朝",这里是指清朝。辛亥革命以后,罗振玉在文章中仍称清朝为"国朝"。

〔10〕 胡玉缙(1859—1940) 字绥之,江苏吴县人。清末曾任学部员外郎、京师大学堂文科教授。著有《许庼学林》等书。

〔11〕 南菁书院 在江苏江阴县城内,1884年(清光绪十年)江苏学政黄体芳创立,以经史词章教授学生,主讲者有黄以周、缪荃孙等人。曾刻有《南菁书院丛书》、《南菁讲舍文集》等。

〔12〕 夏曾佑(1865—1924) 字穗卿,浙江杭县(今余杭)人。光绪进士。他在清末与谭嗣同、梁启超等提倡新学,参加维新运动。1912年5月至1915年7月任北洋政府教育部社会教育司司长,1916年任京师图书馆馆长。他所著的《中国历史教科书》,从上古起到隋代止,共二卷,商务印书馆出版。后改名为《中国古代史》,列为该馆编印的《大学丛书》之一。

〔13〕 F先生 指傅增湘(1872—1949),字沅叔,四川江安人,藏书家。1917年12月至1919年5月任北洋政府教育总长。著有《藏园群书题记》等书。

〔14〕 G主事 不详。

〔15〕 殿试 又叫廷试,皇帝主持的考试。殿试分三甲录取,第一甲赐进士及第,录取三名(状元、榜眼、探花),第二甲赐进士出身,第三甲赐同进士出身。

〔16〕 实录 封建王朝中某一皇帝统治时期的编年大事记,由当时的史臣奉旨编写。因材料较丰富,常为后来修史的人所采用。

〔17〕 Y次长 指袁希涛(1866—1930),字观澜,江苏宝山(今属上海市)人。曾任江苏省教育会会长,1915年到1919年间先后两次任北洋政府教育部次长(后一次曾代总长)。

〔18〕 C参事 指蒋维乔(1873—1958),字竹庄,江苏武进人。1912年至1917年间曾任北洋政府教育部参事,参与整理"大内档案"。

〔19〕 "念兹在兹" 语出《尚书·大禹谟》。念念不忘的意思。

〔20〕 Y T 指彦德,字明允,满洲正黄旗人,曾任清政府学部总务司郎中、京师学务局长。他在"大内档案"中得到蜀石经《穀梁传》九四〇余字。(罗振玉亦得《穀梁传》七十余字,后来两人都卖给庐江刘体乾;刘于1926年曾影印《孟蜀石经》八册。)

〔21〕 《司马法》 古代兵书名,共三卷,旧题齐司马穰苴撰,但实为战国时齐威王诸臣辑古代司马(掌管军政、军赋的官)兵法而成;其中曾附穰苴用兵的方法,所以称为《司马穰苴兵法》,后来《隋书·经籍志》等就以为是他所撰。

〔22〕 蜀石经 五代时后蜀皇帝孟昶命宰相毋昭裔楷书《易》、《诗》、《书》、三《礼》、三《传》、《论》、《孟》等十一经,刻石列于成都学宫。这种石刻经文的拓本,后世称为蜀石经。因为它是历代石经中唯一附有注文的一种,错字也比较少,所以为后来研究经学的人所重视。

拟 预 言[1]

——一九二九年出现的琐事

有公民某甲上书,请每县各设大学一所,添设监狱两所。被斥。

有公民某乙上书,请将共产主义者之产业作为公产,女眷作为公妻,以惩一儆百。半年不批。某乙忿而反革命,被好友告发,逃入租界。

有大批名人学者及文艺家,从外洋回国,于外洋一切政俗学术文艺,皆已比本国者更为深通,受有学位。但其尤为高超者未入学校。

科学,文艺,军事,经济的连合战线告成。

正月初一,上海有许多新的期刊出版,[2]本子最长大者,为——

文艺又复兴。文艺真正老复兴。宇宙。其大无外。至高无上。太太阳。光明之极。白热以上。新新生命。新新新生命。同情。正义。义旗。刹那。飞狮。地震。阿呀。真真美善。……等等。

同日,美国富豪们联名电贺北京检煤渣老婆子等,称为"同志"[3],无从投递,次日退回。

正月初三,哲学与小说同时灭亡。

有提倡"一我主义"者,几被查禁。后来查得议论并不新异,着无庸议,听其自然。

有公民某丙著论,谓当"以党治国"[4],即被批评家们痛驳,谓"久已如此,而还要多说,实属不明大势,昏愦胡涂"。

谣传有男女青年四万一千九百二十六人失踪。

蒙古亲近赤俄,公决革出五族,以侨华白俄补缺,仍为"五族共和",各界提灯庆祝。

《小说月报》出"列入世界文学两周年纪念"号,定购全年者,各送优待券一张,购书照定价八五折。

《古今史疑大全》[5]出版,有名人学者往来信札函件批语颂辞共二千五百余封,编者自传二百五十余叶,广告登在《艺术界》,谓所费邮票,即已不赀,其价值可想。

美国开演《玉堂春》影片,白璧德教授评为决非卢梭所及。[6]

有中国的法斯德[7]挑同情一担,访郭沫若,见郭穷极,失望而去。

有在朝者数人下野;有在野者多人下坑。

绑票公司股票涨至三倍半。

女界恐乳大或有被割之险,仍旧束胸,家长多被罚洋五十元,国帑更裕。[8]

有博士讲"经济学精义",只用两句,云:"铜板换角子,角子换大洋。"[9]全世界敬服。

有革命文学家将马克思学说推翻,这只用一句,云:"什么马克斯牛克斯。"[10]全世界敬服,犹太人大惭。

新诗"雇人哭丧假哼哼体"流行。

茶店,浴堂,麻花摊,皆寄售《现代评论》。[11]

赤贼完全消灭,安那其主义将于四百九十八年后实行。[12]

* * *

〔1〕 本篇最初发表于1928年1月28日《语丝》周刊第四卷第七期,署名楮冠。

〔2〕 关于当时出现的一些期刊,作者稍后在《三闲集·"醉眼"中的朦胧》一文中说过:"旧历和新历的今年似乎于上海的文艺家们特别有着刺激力,接连的两个新正一过,期刊便纷纷而出了。他们大抵将全力用尽在伟大或尊严的名目上,不惜将内容压杀。"

〔3〕 关于美国富豪称北京捡煤渣老婆子为"同志",参看本书第154页注〔2〕。

〔4〕 "以党治国" 蒋介石在"四一二"反共政变后为实行独裁统治而提出的口号。他在1927年4月30日发表的《告全国民众书》中说:"我们是主张'以党治国'为救中国的唯一出路","我国民党是负责的政党,所以我们不许共产党混杂在里面,……我们'以党治国'的主张,自有苦心精义。"

〔5〕 《古今史疑大全》 这是影射顾颉刚的《古史辨》而虚拟的书名。1926年6月,顾颉刚出版了《古史辨》第一册,内收有他自己和胡适等人所作讨论中国古史的文字及往来信札;书前有他的一篇自序,详述其身世、环境、求学经过与治学方法等等,长达一○三页,就像是他的自传。"史疑"讽指该书中常以主观臆断的态度对待古代人物和史实。

〔6〕 《玉堂春》 叙述妓女苏三(玉堂春)遭遇的故事。最早见

于《警世通言·玉堂春落难逢夫》,以后被改编为弹词、京剧、评剧、电影等。按白璧德文艺思想的追随者梁实秋在论卢梭关于女子教育的意见时,曾说男女"人格"有差别,"正当的女子教育应该是使女子成为完全的女子"。(参看本书《卢梭和胃口》)这里是说,像玉堂春那样"人格"被践踏的女性,应该是最符合梁实秋的理论的所谓"完全的女子"。

〔7〕 中国的法斯德　大概是指高长虹。法斯德即德国作家歌德诗剧《浮士德》中的主角浮士德,是欧洲传说中的一个冒险人物。高长虹在《1925 北京出版界形势指掌图》中曾说:"鲁迅则常说郭沫若骄傲,我则说他的态度才能倒都好,颇有类似歌德的样子。"又说:"听一个朋友说,……郭沫若醉后写了一副对联给周作人,意思是什么成文豪置房产之类"。文中所说"同情"也是高长虹的话,参看本书第 103 页注〔2〕。按高长虹说鲁迅"常说郭沫若骄傲",完全出于"捏造",参看《两地书·七三》。又所说郭沫若写对联给周作人,亦无其事。

〔8〕 关于束胸受罚,参看本书第 71 页注〔6〕。

〔9〕 指马寅初(1882—1982),浙江嵊县人,曾留学美国,时任北京大学教授、中国银行发行部主任。他留学美国时获哥伦比亚大学经济学博士学位。鲁迅在《两地书·五八》中说:"马寅初博士到厦门来演说,所谓'北大同人',正在发昏章第十一,排班欢迎。我固然是'北大同人'之一,也非不知银行之可以发财,然而于'铜子换毛钱,毛钱换大洋'学说,实在没有什么趣味,所以都不加入。"

〔10〕 指吴稚晖。他在国民党"清党"前后,经常发表这种反共言论。这一句迻见于他在 1927 年 5 月、7 月给汪精卫的信中。按广州报纸曾称吴稚晖为"革命文学家"。参看本书《革命文学》一文。

〔11〕 《现代评论》为了扩大销路,曾在该刊"特别增刊"第一号(1925 年 10 月 28 日)刊登"《现代评论》代售处"一表,分"京内"、"京外"、"国外"三栏,详列代售处一百多处,其中有百货店、药店、实业公

司、同善社等等。

〔12〕 这是对于自称无政府主义者的国民党政要吴稚晖的讽刺。参看本书第59页注〔18〕。安那其主义,英语Anarchism的音译,即无政府主义。

附　　录

大　衍　发　微[1]

　　三月十八日段祺瑞,贾德耀[2],章士钊们使卫兵枪杀民众,通缉五个所谓"暴徒首领"[3]之后,报上还流传着一张他们想要第二批通缉的名单。对于这名单的编纂者,我现在并不想研究。但将这一批人的籍贯职务调查开列起来,却觉得取舍是颇为巧妙的。先开前六名,但所任的职务,因为我见闻有限,所以也许有遗漏:

一　徐　谦(安徽)俄国退还庚子赔款委员会委员,中俄大学校长,广东外交团代表主席。

二　李大钊(直隶)国立北京大学教授,校长室秘书。

三　吴敬恒(江苏)清室善后委员会监理。

四　李煜瀛(直隶)俄款委员会委员长,清室善后委员会委员长,中法大学代理校长,北大教授。

五　易培基(湖南)前教育总长,现国立北京女子师范大学校长。

六　顾兆熊(直隶)俄款委员会委员,北大教务长,北京教育会会长。

　　四月九日《京报》[4]云:"姓名上尚有圈点等符号,其意不明。……徐李等五人名上各有三圈,吴稚晖虽列名第三,而仅一点。余或两圈一圈或一点,不记其详。"于是就有人推测,以为吴老先生之所以仅有一点者,因章士钊还想引以为重,以及别的原因云云。案此皆未经开列职务,以及未见陈源《闲话》之故也。只要一看上文,便知道圈点之别,不过表明"差缺"之是否"优美"[5]。监理是点查物件的监督者,又没有什么薪水,所以只配一点;而别人之"差缺"则大矣,自然值得三圈。"不记其详"的余人,依此类推,大约即不至于有大错。将冠冕堂皇的"整顿学风"[6]的盛举,只作如是观,虽然太煞风景,对不住"正人君子"们,然而我的眼光这样,也就无法可想。再写下去罢,计开:

七 陈友仁(广东)前《民报》英文记者,现《国民新报》英文记者。

八 陈启修(四川)中俄大学教务长,北大教授,女师大教授,《国民新报副刊》编辑。

九 朱家骅(浙江)北大教授。

十 蒋梦麟(浙江)北大教授,代理校长。

十一 马裕藻(浙江)北大国文系主任,师大教授,前女师大总务长现教授。

十二 许寿裳(浙江)教育部编审员,前女师大教务长现教授。

十三 沈兼士(浙江)北大国文系教授,清室善后委员会委员,女师大教授。

十四 陈　垣(广东)前教育次长,现清室善后委员会委员,北大导师。

十五　马叙伦(浙江)前教育次长,教育特税督办,现国立师范大学教授,北大讲师。

十六　邵振青(浙江)《京报》总编辑。

十七　林玉堂(福建)北大英文系教授,女师大教务长,《国民新报》英文部编辑,《语丝》撰稿者。

十八　萧子升(湖南)前《民报》编辑,教育部秘书,《猛进》撰稿者。

十九　李玄伯(直隶)北大法文系教授,《猛进》撰稿者。

二十　徐炳昶(河南)北大哲学系教授,女师大教授,《猛进》撰稿者。

二十一　周树人(浙江)教育部佥事,女师大教授,北大国文系讲师,中国大学讲师,《国副》编辑,《莽原》编辑,《语丝》撰稿者。

二十二　周作人(浙江)北大国文系教授,女师大教授,燕京大学副教授,《语丝》撰稿者。

二十三　张凤举(江西)北大国文系教授,女师大讲师,《国副》编辑,《猛进》及《语丝》撰稿者。

二十四　陈大齐(浙江)北大哲学系教授,女师大教授。

二十五　丁维汾(山东)国民党。

二十六　王法勤(直隶)国民党,议员。

二十七　刘清扬(直隶)国民党妇女部长。

二十八　潘廷干

二十九　高　鲁(福建)中央观象台长,北大讲师。

三　　十　谭熙鸿(江苏)北大教授,《猛进》撰稿者。

三十一　陈彬和(江苏)前平民中学教务长,前天津南开学校总务长,现中俄大学总务长。

三十二　孙伏园(浙江)北大讲师,《京报副刊》编辑。

三十三　高一涵(安徽)北大教授,中大教授,《现代评论》撰稿者。

三十四　李书华(直隶)北大教授,《猛进》撰稿者。

三十五　徐宝璜(江西)北大教授,《猛进》撰稿者。

三十六　李麟玉(直隶)北大教授,《猛进》撰稿者。

三十七　成　平(湖南)《世界日报》及《晚报》总编辑,女师大讲师。

三十八　潘蕴巢(江苏)《益世报》记者。

三十九　罗敦伟(湖南)《国民晚报》记者。

四　　十　邓飞黄(湖南)《国民新报》总编辑。

四十一　彭齐群(吉林)中央观象台科长,《猛进》撰稿者。

四十二　徐　巽(安徽)中俄大学校务委员会委员长。

四十三　高　穰(福建)律师,曾担任女师大学生控告章士钊刘百昭事。

四十四　梁　鼎

四十五　张平江(四川)女师大学生。

四十六　姜绍谟(浙江)前教育部秘书。

四十七　郭春涛(河南)北大学生。

四十八　纪人庆(云南)大中公学教员。

以上只有四十八人,五十缺二,不知是失抄,还是像九六的制钱似的,这就算是足串了。至于职务,除遗漏外,怕又有错误,并且有几位是为我所一时无从查考的。但即此已经足够了,早可以看出许多秘密来——

甲,改组两个机关:

1. 俄国退还庚子赔款委员会;
2. 清室善后委员会。

乙,"扫除"三个半学校:

1. 中俄大学;
2. 中法大学;
3. 女子师范大学;
4. 北京大学之一部分。

丙,扑灭四种报章:

1.《京报》;

2.《世界日报》及《晚报》;

3.《国民新报》;

4.《国民晚报》。

丁,"逼死"两种副刊:

1.《京报副刊》;

2.《国民新报副刊》。

戊,妨害三种期刊:

1.《猛进》;

2.《语丝》;

3.《莽原》。

"孤桐先生"是"正人君子"一流人,"党同伐异"[7]怕是不至于的,"睚眦之怨"[8]或者也未必报。但是赵子昂的画马[9],岂不是据说先对着镜子,摹仿形态的么?据上面的镜子,从我的眼睛,还可以看见一些额外的形态——

1. 连替女师大学生控告章士钊的律师都要获罪,上面已经说过了。
2. 陈源"流言"中的所谓"某籍"[10],有十二人,占全数四分之一。
3. 陈源"流言"中的所谓"某系"(案盖指北大国文系也),计有五人。
4. 曾经发表反章士钊宣言的北大评议员十七人[11],有十四人在内。
5. 曾经发表反杨荫榆宣言的女师大教员七人,有三人在内,皆"某籍"。

这通缉如果实行,我是想要逃到东交民巷或天津去的[12];能不能自然是别一问题。这种举动虽将为"正人君子"所冷笑,但我却不愿意为要博得这些东西的夸奖,便到"孤桐先生"的麾下去投案。但这且待后来再说,因为近几天是"孤桐先生"也如"政客,富人,和革命猛进者及民众的首领"一般,"安居在东交民巷里"[13]了。

这一篇是一九二六年四月十三日作的,就登在那年四月的《京报副刊》上,名单即见于《京报》。用"唯饭史观"[14]的眼光,来探究所以要捉这凑成"大衍之数"[15]

的人们的原因,虽然并不出奇,但由今观之,还觉得"不为无见"。本来是要编入《华盖集续编》中的,继而一想,自己虽然走出北京了,但其中的许多人,却还在军阀势力之下,何必重印旧账,使叭儿狗们记得起来呢。于是就抽掉了。但现在情势,却已不同,虽然其中已有两人被杀[16],数人失踪,而下通缉令之权,则已非段章诸公所有,他们万一不慎,倒可以为先前的被缉者所缉了。先前的有几个被缉者的座前,现在也许倒要有人开单来献,请缉别人了。《现代评论》也不但不再豫料革命之不成功,且登广告云:"现在国民政府收复北平,本周刊又有销行的机会(谨案:妙极)了"[17]了。而浙江省党务指导委员会宣字一二六号令,则将《语丝》"严行禁止"[18]了。此之所以为革命欤。因见语堂的《翦拂集》[19]内,提及此文,便从小箱子里寻出,附存于末,以为纪念。

一九二八年十月二十日,鲁迅记。

* * *

〔1〕 本篇最初发表于1926年4月16日《京报副刊》。

〔2〕 贾德耀(1880—1940) 安徽合肥人。毕业于日本士官学校,曾任北洋政府陆军总长,当时是段祺瑞临时执政府的国务总理兼代理陆军总长。

〔3〕 通缉五个所谓"叛徒首领" 三一八惨案发生后,段祺瑞政府以"假借共产学说,啸聚群众,屡肇事端。……散布传单,率领暴徒数百人,闯袭国务院"等罪名,下令通缉徐谦、李大钊、李煜瀛、易培基、顾

兆熊等五人。

〔4〕《京报》 邵飘萍（振青）创办的报纸，1918年10月创刊于北京，次年8月曾被段祺瑞查封，1920年9月复刊，1926年4月被奉系军阀张作霖查封。

〔5〕"优美的差缺" 这是引用陈西滢的话。他在《现代评论》第三卷第六十五期（1926年3月6日）的《闲话》里说："在北京学界一年来的几次风潮中，一部分强有力者的手段和意见，常常不为另一部分人所赞同，这一部分强有力者就加不赞成他们的人们一个'捧章'的头衔。然而这成了问题了。……不'捧章'而捧反章者，既然可以得到许多优美的差缺，而且可以受好几个副刊小报的拥戴，为什么还要去'捧章'呢？"

〔6〕"整顿学风" 指1925年8月25日，段祺瑞发表"整顿学风令"，其中说："迩来学风不靖。屡次变端。一部分不职之教职员。与旷课滋事之学生。交相结托。破坏学纪。……倘有故酿风潮。蔑视政令。则火烈水懦之喻。孰杀谁嗣之谣。前例具存。所宜取则。本执政敢先父兄之教。不博宽大之名。依法从事。决不姑贷。"

〔7〕"党同伐异" 语出《后汉书·党锢传序》："自武帝以后，崇尚儒学，怀经协术，所在雾会，至有石渠分争之论，党同伐异之说。"陈西滢在《现代评论》第三卷第五十三期（1925年12月12日）的《闲话》中曾用此语影射鲁迅说："中国人是没有是非的……凡是同党，什么都是好的，凡是异党，什么都是坏的。"

〔8〕"睚眦之怨" 意即小小的仇恨。语出《史记·范雎传》："一饭之德必偿，睚眦之怨必报。"陈西滢在《现代评论》第三卷第七十期（1926年4月10日）发表《杨德群女士事件》一文，以答复女师大学生雷榆等五人为三一八惨案烈士杨德群辩诬的信，其中暗指鲁迅说：

"因为那'杨女士不大愿意去'一句话,有些人在许多文章里就说我的罪状比执政府卫队还大!比军阀还凶!……不错,我曾经有一次在生气的时候揭穿过有些人的真面目,可是,难道四五十个死者的冤可以不雪,睚眦之仇却不可不报吗?"

〔9〕 赵子昂的画马 赵子昂(1254—1322),名孟頫,字子昂,浙江吴兴(今湖州)人,元代书画家,以画马著称。关于他画马的故事,清代吴升《大观录》卷十六王穉登题赵孟頫《浴马图卷》中有这样的记载:"(赵孟頫)尝据床学马滚尘状,管夫人自牖中窥之,政见一匹滚尘马。"陈西滢在《致志摩》中说:"你听见过赵子昂——是不是他?——画马的故事罢?他要画一个姿势,就对镜伏地做出那个姿势来。鲁迅先生的文章也是对了他的大镜子写的,没有一句骂人的话不能应用在他自己的身上。"

〔10〕"某籍" 1925年5月27日,作者与马裕藻、沈尹默、李泰棻、钱玄同、沈兼士、周作人七人,针对杨荫榆开除六位女师大学生自治会职员的行径,联名发表《对于北京女子师范大学风潮宣言》。同月30日,陈西滢在《现代评论》第一卷第二十五期的《闲话》中攻击这个宣言,其中有"以前我们常常听说女师大的风潮,有在北京教育界占最大势力的某籍某系的人在暗中鼓动"的话。某籍,指浙江;某系,指当时北京大学国文系。发表宣言的七人中,除李泰棻都是浙江人和北京大学国文系教授。

〔11〕 1925年8月,北京大学评议会为了反对章士钊非法解散女师大,议决与教育部脱离关系,宣布独立,有十七位教员曾发表《致本校同事公函》。这里说的北大评议员反章士钊宣言即指此事。

〔12〕 逃到东交民巷或天津 1926年春夏间,冯玉祥国民军与奉系军阀张作霖等作战期间,国民军因发觉段祺瑞勾结奉军,于4月9日包围执政府,收缴卫队枪械,段祺瑞、章士钊等逃匿东交民巷(当时外国

使馆所在地）。又 1925 年 5 月,章士钊禁止爱国学生纪念"五七"国耻日,北京学生于 7 日和 9 日举行游行示威,要求罢免章士钊,章曾避居天津租界。

〔13〕 陈西滢在《现代评论》第三卷第七十期(1926 年 4 月 10 日)发表的《闲话》中曾对当时北方的革命力量加以讽刺说:"每一次飞艇（按指奉军飞机）正在我头上翱翔着的时候,我就免不了羡慕那些安居在东交民巷的政客,富人,和革命猛进者及民众的首领。"

〔14〕 "唯饭史观" 这是讽刺陈西滢的。陈在《现代评论》第二卷第四十九期(1925 年 11 月 14 日)《闲话》中说:"我是不信唯物史观的,可是中国的政治,我相信实在可以用唯物观来解释,也只可这样的解释。种种的战争,种种的政变,出不了'饭碗问题'四个字。"

〔15〕 "大衍之数" 语出《周易·系辞》:"大衍之数五十。"后来"大衍"就成为五十的代词。

〔16〕 指李大钊及邵振青。李大钊于 1927 年 4 月 28 日在北京被奉系军阀张作霖绞杀;邵振青于 1926 年 4 月 26 日在北京被奉系军阀张宗昌枪杀。邵振青(1888—1926),字飘萍,浙江金华人。《京报》创办人兼总编辑。

〔17〕 《现代评论》的这个广告登在 1928 年 9 月 12 日北京《新晨报》。

〔18〕 1928 年 9 月,国民党浙江省党务指导委员会以"言论乖谬,存心反动"的罪名,查禁书报十五种,《语丝》是其中的一种。

〔19〕 林语堂(1895—1976) 原名和乐,改名玉堂,又改语堂,福建龙溪人,作家,语丝社成员。曾留学美国、德国,历任北京大学、北京女子师范大学教授,厦门大学文科主任。三十年代在上海主编《论语》、《人间世》、《宇宙风》等杂志,提倡"幽默文学"和"以自我为中心,闲适为格调"的"性灵"文学。《翦拂集》是林语堂在 1924 年至 1926 年间所

作杂文的结集,1928 年 12 月北新书局出版。集中有《"发微"与"告密"》一文,揭露段祺瑞、章士钊等在三一八惨案中的行为,其中曾提及作者这篇文章,有"鲁迅先生以其神异之照妖镜一照,照得各种的丑态都照出来"等语。